Hans-Peter Brill
Flucht aus Afrika
Verstoßen von der Heimat, getrieben von der Hoffnung

Hans-Peter Brill

Flucht aus Afrika

Verstoßen von der Heimat, getrieben von der Hoffnung

Roman

Impressum

Bibliografische Information der Deutschen Nationalbibliothek: Die Deutsche Nationalbibliothek verzeichnet diese Publikation in der Deutschen Nationalbibliografie; detaillierte bibliografische Daten sind im Internet über http://dnb.dnb.de abrufbar.

Die automatisierte Analyse des Werkes, um daraus Informationen insbesondere über Muster, Trends und Korrelationen gemäß §44b UrhG („Text und Data Mining") zu gewinnen, ist untersagt.

© 2024 Hans-Peter Brill

Verlag: BoD · Books on Demand GmbH, In de Tarpen 42, 22848 Norderstedt

Druck: Libri Plureos GmbH, Friedensallee 273, 22763 Hamburg

ISBN: 978-3-7597-6986-2

Inhaltsverzeichnis

Wie alles begann.. 7

Flucht aus Kenia..19

Die Reise nach Arusha..34

Im Schatten von Arusha...45

Die Fahrt nach Babati 57

Wairaqw Weupe..62

Abruptes Ende einer Reise...72

Durch den wilden Trockenwald 78

Kibondo, die letzte Etappe...96

Im Nduta Camp 100

Nicht länger illegal..122

In Deutschland 126

WIE ALLES BEGANN

Es war ein heißer Nachmittag in Nairobi, und die Straßen im Central Business District (CBD) verwandelten sich in ein Schlachtfeld. Junge Demonstranten, Mitglieder der Generation Z, schrien ihre Wut gegen die Regierung von Präsident Ruto heraus. Transparente mit Slogans wie „*Ruto lazima aondoke*" (Ruto muss weg) und „*Hakuna kodi mpya*" (Keine neuen Steuern) wurden hochgehalten, ihre Fetzen flatterten im Wind, während die Menge vorwärtsdrängte. Die Stimmung war explosiv, aufgeladen wie ein Gewitter, das kurz davor stand, sich zu entladen. Einige Demonstranten hatten ihre Gesichter mit Tüchern verhüllt, als Schutz gegen das machozi (Tränengas) in der Luft. Andere schrien mit bloßen Gesichtern ihre Verzweiflung und Wut heraus. Die Straßen bebten unter dem stampfenden Rhythmus tausender Füße, entschlossen und wild.

Eines der drängendsten Probleme Kenias war immer ukabila (Tribalismus), der endlose Konflikt der Stämme, der das Land spaltete und Gemeinschaften gegeneinander aufbrachte. Doch an diesem Tag zählten keine Unterschiede. Kikuyu, Luo, Luhya und Kalenjin – sie alle waren vereint in ihrer Ablehnung von Ruto. In ihren Augen war er kein Präsident eines Stammes, sondern ein Verräter an allen. Der Tribalismus, der das Land so lange vergiftet hatte, schien an diesem Tag wie weggeblasen. Der gemeinsame Feind hatte sie zu einer unaufhaltsamen Masse zusammengeschweißt, die nicht bereit war, klein beizugeben.

Mercy, 25, stand mitten im Chaos. Sie blickte in die Gesichter um sich herum. Dies waren ihre Leute, ihre Generation, vereint in ihrer Wut. Und doch nagte die Angst an ihr – was würde ihre Mutter sagen, wenn sie wüsste, dass sie hier ist? Hatte sie ihr nicht immer eingebläut, dass Veränderung einen Preis habe, den normale Menschen oft nicht zahlen konnten? Die schlanke Kenianerin spürte die Wut, die sie und ihre

Altersgenossen durchdrang. Ihre Hände zitterten, ihre Augen brannten vom Tränengas, das in dichten Wolken durch die Luft zog und die Sicht verschwimmen ließ. Um sie herum flogen Steine, die auf die Fenster von Geschäften prallten und mit lautem Klirren zerbrachen. Einige der Demonstranten griffen wahllos zu und plünderten die Regale der kleinen Läden am Straßenrand. Die Polizei antwortete mit brutaler Härte: *virungu* (Schlagstöcke) und Schüsse, die wie Donnerschläge durch die Straßenschluchten hallten.

Mercy beobachtete, wie die Polizisten ohne Rücksicht und ohne Gnade auf ihre Altersgenossen einschlugen. Der Anblick der Schlagstöcke ließ Erinnerungen in ihr aufsteigen – das abgenutzte Gesicht ihres Vaters, das Flüstern, wie sehr er in der Vergangenheit gelitten hatte. War das hier anders? Doch während sie hier stand, spürte sie seinen Mut in ihren eigenen Knochen. *Ningemaliza, kama baba yuko karibu na mimi sasa hivi* (Könnte ich weitermachen, wenn er jetzt an meiner Seite stünde)?

Manche Demonstranten fielen blutend zu Boden, während andere mit allem, was sie hatten, verzweifelt zurückschlugen. Tränengaskartuschen wurden zurückgeworfen, flogen wie brennende Geschosse durch die Luft. Es waren verzweifelte Versuche, sich zu wehren, aber die Polizei drängte weiter vor, mit Schilden und Knüppeln, die Köpfe und Glieder trafen. Blutige Zusammenstöße folgten. Mercy sah, wie einige Demonstranten verhaftet wurden, wie sie sich widersetzten und ihre Arme hochrissen, um die Schläge abzuwehren. Doch die Polizisten kannten keine Gnade – sie schlugen zu, hart und ohne Zögern.

Es war ein Bild brutaler Gewalt, das Mercy nicht mehr losließ. Um sie herum kochte die Wut, die Verzweiflung der jungen Menschen, die bereit waren, alles zu riskieren. Sie wussten, dass es gefährlich war, dass sie ihr Leben aufs Spiel setzten. Aber an diesem Tag war es ihnen egal. Sie hatten nichts mehr zu verlieren. Sie schrien, sie kämpften – und einige waren bereit, dafür notfalls zu sterben.

Die Nacht hatte sich längst über Nairobi gelegt, doch der Uhuru-Park lebte noch. Flackernde Lichter von Straßenlaternen und die Autos, die auf der Mombasa Road vorbeirauschten, zeichneten geisterhafte Schweife durch die Dunkelheit. Der Duft von feuchtem Gras und Staub lag in der Luft, vermischt mit dem fernen Hupen und Brummen der Millionenstadt, die nie wirklich schlief.

Mercy stand mitten in einer kleinen Gruppe junger Leute, ihre Gesichter halb im Schatten, halb im schwachen Lichtschein der fernen Autoscheinwerfer. Die Anspannung hing wie eine greifbare Wand zwischen ihnen – die Ereignisse des Tages waren noch frisch, die Wunden, die die Konfrontation mit der Polizei hinterlassen hatte, waren noch nicht verheilt. Manche rieben sich unbewusst die blauen Flecken an ihren Armen, andere hielten ihre tränenverschleierten Augen geschlossen, als würden sie versuchen, die Schmerzen auszublenden.

Das Nyayo Monument erhob sich hinter ihnen, ein stummer Zeuge ihrer Zusammenkunft, während die Geräusche der Stadt im Hintergrund wie eine unheimliche Melodie widerhallten. George, der in der Mitte des Kreises stand, versuchte, die anderen zu beruhigen. Sein Gesicht war angespannt, doch seine Stimme blieb ruhig. *„Hatuwezi endelea hivi"* (Wir können nicht so weitermachen), sagte er. „Ihr habt gesehen, was heute passiert ist. Die Polizei schießt scharf. Jeder von uns hätte tot sein können."

Mercy konnte die Wut in sich kaum zügeln. Ihre Hände zitterten, und sie ballte die Fäuste, um sich zu beruhigen. „Und was sollen wir tun?" rief sie mit bebender Stimme, ihre Augen glühten förmlich im schwachen Licht. „Nichts tun und zusehen, wie Ruto uns alles nimmt? Heute haben wir gezeigt, dass wir nicht schweigen. *Tumejitetea!"* (Wir haben uns gewehrt!)

Die anderen nickten, manche murmelten zustimmend. Die Anspannung in der Gruppe war greifbar, die Erschöpfung lag wie ein schwerer Mantel auf ihren Schultern, doch die Wut, die sie alle verband, loderte noch immer.

„Tunacheza na maisha yetu" (Wir riskieren unser Leben), fuhr George fort, während er einen Blick über die Gruppe warf, die im Schatten der Bäume stand. „Wenn wir weitermachen, kann es schlimmer werden. Die Polizei kennt keine Gnade. Sie könnten uns erschießen, und selbst wenn wir überleben, könnten wir ruiniert sein. *Hatuna pesa za hospitali* (Wir haben das Geld nicht, uns behandeln zu lassen, wenn wir verwundet werden)."

Die Worte schnitten wie kalte Messer in die Luft, doch Mercy wollte sie nicht hören. „Meine Familie hat eine kleine Farm in Vihiga", begann sie, ihre Stimme fest. „Wir überleben gerade so von dem, was wir ernten. Und jetzt will Ruto uns auch noch eine Grundsteuer auferlegen, die wir uns nicht leisten können. *Hii ni hukumu ya kifo kwetu!"* (Das ist ein Todesurteil für uns!)

George warb um Verständnis und hob beschwichtigend die Hände. „Lasst uns diese Steuern zahlen und damit helfen, Kenia aufzubauen!"

Mercy machte es ganz konkret: „Unsere Farm in Vihiga, in Siekuti, ist gerade mal so groß wie ein Fußballfeld. Zwei Mal im Jahr ernten wir Mais. Davon kochen wir unser *ugali* und sichern das Saatgut für die nächste Saison. Das bisschen Maismehl, das übrig bleibt, verkaufen wir – acht Säcke pro Ernte, 90 Kilogramm pro Sack. Dafür bekommen wir 3.000 Schilling pro Sack, also gerade mal 24.000 KES pro Ernte. Insgesamt haben wir im Jahr 48.000 KES. Das reicht, um nicht zu verhungern, aber für Schulgebühren wird es schon eng, und wenn wir Medizin brauchen, ist es fast unmöglich. Und jetzt will Ruto 50.000 KES Grundsteuer pro Jahr? Wie sollen wir das bezahlen?"

Ein Raunen ging durch die Gruppe, als die anderen sich noch dichter zusammenschoben, um sie besser zu hören. Die Dunkelheit umhüllte ihre Sorgen und Ängste, aber sie waren nicht allein. Die Energie, die sie alle miteinander verband, war wie ein flackerndes Feuer, das im Wind der Nacht tanzte.

„Siyo haki!" (Es ist nicht gerecht!), rief Mercy und spürte, wie sich die Blicke auf sie richteten. „Ruto hat angekündigt, diejenigen zu enteignen, die nicht zahlen. *Atachukua kila kitu!* (Er wird uns alles nehmen.) Wir haben dann nichts mehr, kein Land, keinen Job, kein Essen – was bleibt uns dann?"

„Ruto lazima aondoke!" (Ruto muss weg!) rief jemand aus der Gruppe, und die anderen stimmten ein. „Ruto muss weg!" Die Stimmen wurden lauter, die Wut und Verzweiflung entluden sich in den Rufen, die durch die Nacht hallten. Die Schatten der jungen Menschen wogten im schwachen Licht, und für einen Moment schien es, als könnte ihre Wut die Dunkelheit durchbrechen.

George trat einen Schritt zurück und schüttelte den Kopf. „Das Risiko ist zu groß", sagte er leise. Doch seine Worte gingen in der aufbrausenden Menge unter.

Mercy spürte die Aufregung der anderen und sah, dass sie bereit waren. *„Kesho kuna kura katika Bunge"* (Morgen ist die Abstimmung im Parlament), rief sie. „Wir müssen zeigen, dass wir nicht kampflos zusehen.

Nani yuko tayari kupigania uhuru wetu?" (Wer ist dabei? Wer kämpft für seine Freiheit?)

Die Hände gingen in die Höhe, und die Rufe wurden lauter. George drehte sich weg, sein Blick verlor sich in der Dunkelheit des Parks. Niemand achtete mehr auf ihn. Die Entscheidung war längst gefallen.

Am nächsten Tag, als die Nachricht vom Beschluss der Steuerreform die Straßen Nairobis erreichte, brodelte es in der Stadt. Die Wut, die sich schon seit Wochen aufgebaut hatte, erreichte ihren Höhepunkt. Vor dem Parlament versammelten sich Tausende, ihre Gesichter verzerrt von Entschlossenheit und Verzweiflung. Sie hatten genug von gebrochenen Versprechen und Reformen, die ihnen das Letzte nahmen, was sie besaßen. Die jungen Demonstranten waren entschlossen, sich nicht länger zurückzuhalten.

Mercy war mittendrin, spürte das pulsierende Leben der Menge um sich herum. Rufe hallten durch die Straßenschluchten: „*Ruto lazima aondoke!*" (Ruto muss weg!), „*Hakuna kodi mpya!*" (Keine neuen Steuern!). Die Demonstranten hielten Transparente hoch, einige umklammerten sie mit blutenden Händen, andere hatten ihre Gesichter verhüllt, um sich vor den Kameras und den wachsamen Augen der Regierung zu schützen. Die Luft war aufgeladen wie vor einem Gewitter, und Mercy spürte, dass die Situation jeden Moment explodieren könnte.

Als die ersten Reihen begannen, das schwere Eisentor vor dem Parlament zu stürmen, brach ohrenbetäubendes Chaos aus. Menschen drängten nach vorne, riefen, schrien. Dann fielen die ersten Schüsse. Die Menge erstarrte für einen Sekundenbruchteil, bevor sie weiterdrängte. Der Geruch von *machozi* (Tränengas) vermischte sich mit dem Rauch der Schüsse, und Schreie durchbrachen die Luft, die so dicht war, dass Mercy das Gefühl hatte, sie würde ersticken. Sie sah, wie Menschen um sie herum fielen, wie die Polizei wahllos Tränengas einsetzte.

Mercy duckte sich und rannte zur Seite, während die Polizei weiter vorrückte, ihre Schilde erhoben und die *virungu* (Schlagstöcke) bereit. Überall um sie herum herrschte Panik. Einige Demonstranten versuchten zu fliehen, andere warfen sich auf die Polizisten, kämpften, um sie niederzuringen. Doch die Gewalt war unaufhaltsam. Mercy sah, wie junge Menschen, die eben noch an ihrer Seite gestanden hatten, zusammenbrachen. Die Schreie der Verletzten und Sterbenden hallten in ihren Ohren wider, während sie über den Platz hetzte.

Diejenigen, die es wirklich bis in das Parlament schafften, wurden von der Polizei erschossen. Die Körper dieser jungen Demonstranten schlugen hart auf das Parkett, Blut sickerte über den Boden und färbte die Transparente rot.

Mercy schaffte es nicht bis hinein ins Parlament. Plötzlich spürte sie einen scharfen Schmerz am Bein. Sie stolperte, fiel auf die Knie und spürte, wie das Blut langsam ihre Jeans hinunterrann. Ihre Hände zitterten, und sie kämpfte gegen die Panik an, die sie zu überwältigen drohte. In der Nähe sah sie, wie zwei Polizisten einen jungen Mann zu Boden warfen und ihn mit ihren Schlagstöcken traktierten, bis er sich nicht mehr bewegte. Die Verzweiflung und Hilflosigkeit, die Mercy empfand, schnürten ihr die Kehle zu.

Dann waren sie bei ihr. Zwei Polizisten packten sie an den Armen, zerrten sie hoch. *„Inuka mnyama wewe!"* (Steh auf, du Biest!) schrie einer von ihnen und stieß sie mit dem Schlagstock in den Rücken. Sie konnte sich nicht wehren, war umringt von Uniformierten, die sie ohne Rücksicht und ohne Mitleid durch die Menge schleiften. Ein anderer Polizist riss ihre Tasche von ihrer Schulter, warf sie zu Boden und durchwühlte sie. *„Mkenya wa kawaida tu, anayeleta shida"* (Nichts weiter als ein gewöhnlicher Störenfried), murmelte er abfällig, während er ihren Arm noch fester packte. Ihre Haut brannte, wo er sie mit seinem Handschuh drückte.

Sie wurde in ein Fahrzeug gestoßen. Ihre Verletzungen pochten, Blut rann von ihrem Finger, aber niemand kümmerte das. Sie spürte die Kälte des Metalls, als die Tür hinter ihr zuknallte, und die Sirenen heulten los. Die Stadt flog an ihr vorbei, und Mercy wusste, dass sich ihr Leben in diesem Moment unwiderruflich verändert hatte.

Die Fahrt zur Polizeiwache schien endlos zu dauern, und jedes Schlagloch verstärkte den Schmerz in Mercys Bein. Als sie schließlich aus dem Polizeiwagen gezerrt wurde, fühlte sie sich wie in einem Albtraum, der kein Ende fand.

Nur ein Gedanke hämmerte in ihrem Kopf, als sie eintrat – *usikate tamaa, Mercy, usikate tamaa* (nicht brechen, Mercy, nicht brechen). Sie war immer stolz auf ihre Stärke gewesen, doch jetzt fühlte sie sich so zerbrechlich wie Glas. Aber das Bild ihrer Mutter, die in ihren Augen stolz aussah, trieb sie an und erinnerte sie daran, warum sie das alles durchstand. Sie musste das überleben, für sich, für ihre Familie.

Sie wurde durch enge, schmuddelige Korridore geschleift, die nach Schweiß und Desinfektionsmittel rochen. Schließlich kam sie in einen Raum, der kalt und unpersönlich wirkte, aber von Blicken erfüllt war – allesamt männlich, misstrauisch und abwertend.

„*Vua nguo*" (Ausziehen), sagte eine Polizistin mit hartem Ton. Mercys Hände zitterten, als sie langsam ihre Kleidung ablegte. Zuerst das T-Shirt, dann die Hose. Die Blicke der Polizisten brannten sich wie Nadeln in ihre Haut. Sie spürte die Kälte des Bodens unter ihren Füßen und das bedrückende Gefühl, völlig ausgeliefert zu sein. Der Raum war stickig, doch sie fror, als sie nur noch in Slip und BH dastand, umringt von Uniformierten, deren Augen auf ihr lagen wie eine Last, die sie kaum ertragen konnte.

Die Polizistin trat vor und begann, Mercys Unterwäsche und Körper abzutasten, ihre Berührungen hart und mechanisch, als wäre sie ein Objekt, kein Mensch. Mercys Wangen glühten vor Scham. Jeder Blick, jedes leise *kicheko* (Lachen), das sie aus den Augenwinkeln wahrnahm, schnitt tief. Sie versuchte, an etwas anderes zu denken, sich abzulenken, aber die Furcht nagte an ihr.

Überall hatte sie Geschichten gehört – Geschichten aus anderen Teilen Kenias, wo junge Frauen in Polizeigewahrsam missbraucht und vergewaltigt wurden. Diese Erinnerungen und Erzählungen jagten ihr *mbaridi* (Schauer) über den Rücken, während sie reglos dastand, ihre Arme um sich geschlungen, als ob das irgendetwas helfen würde. Niemand sprach, aber das Schweigen im Raum war schwer und bedrohlich. Die Männer sahen sie an, als würden sie sie auseinandernehmen, und in ihren Augen lag etwas, das sie zutiefst beunruhigte.

Als die Durchsuchung vorbei war, stieß die Polizistin sie grob zurück und deutete auf ihre Kleidung, die auf dem Boden lag. „*Vaa nguo zako*" (Zieh dich an), sagte sie, als ob damit alles erledigt wäre. Mercy sammelte ihre Sachen hastig auf, zog sie mit zitternden Händen an und wünschte sich nichts sehnlicher, als sich unsichtbar zu machen.

Danach wurde sie in eine Zelle geführt, deren Wände feucht und schimmlig waren. Der Geruch von *mkojo* (Urin) lag in der Luft, und sie musste sich zusammenreißen, um nicht zu würgen. Es gab kein Bett, keine Decke – nur einen kalten, schmutzigen Boden. Sie setzte sich in eine Ecke, versuchte, sich klein zu machen und dem Schmutz auszuweichen.

Doch das *mdudu* (Ungeziefer), das die Zelle bevölkerte, ließ sich nicht ignorieren. Zuerst spürte sie nur ein Kribbeln an ihren Beinen, dann die ersten Stiche. Sie wischte die Insekten ab, aber es war zu spät – sie hatten bereits zugeschlagen. Die Haut begann zu jucken und zu brennen, und sie wusste, dass diese Stellen sich noch tagelang entzünden würden.

Später holte man sie aus der Zelle, ihre Hände hinter ihrem Rücken gefesselt. Sie wurde in einen anderen Raum geführt, wo sie fotografiert wurde. Das grelle Blitzlicht blendete sie, und in dem kurzen Moment sah sie ihr eigenes, erschrockenes Gesicht im Spiegel der Kameralinse. Dann drückte man ihre Finger mit rauen Bewegungen auf einen Fingerabdruckscanner, nahm ihre Abdrücke und schob sie wieder in die Zelle, ohne ein Wort zu sagen. Niemand kümmerte sich um ihre Wunden, niemand fragte sie, ob sie Schmerzen hatte. Für die Polizisten war sie nichts weiter als eine *nambari* (Nummer) in einer langen Reihe von Verhaftungen.

Zurück in der Zelle zog sie sich wieder in ihre Ecke, schlang ihre Arme um sich und versuchte, die Angst niederzukämpfen, die in ihr hochstieg. In der Dunkelheit lauschte sie den Geräuschen der Station, den Schritten und Stimmen, die sie durch die Wände hörte. Jeder Laut ließ sie zusammenzucken, und jede Sekunde in dieser Zelle fühlte sich wie eine Ewigkeit an. An diesem Tag gab es keine Berichte über Vergewaltigungen durch die Polizei, aber das änderte nichts daran, dass sie Angst hatte – eine Angst, die in ihr wuchs und von dem, was noch kommen könnte, genährt wurde.

Der nächste Morgen begann mit einem kalten Ruck. Die Zellentür öffnete sich knarrend, und zwei Polizisten packten Mercy an den Armen, zerrten sie durch den langen, kahlen Flur, dessen Neonlichter grell über ihr flackerten. Das waren keine gewöhnlichen Streifenpolizisten – das war das *DCI* (Directorate of Criminal Investigation). Ihre Augen brannten vor Müdigkeit, und die Wunden an ihrem Bein und Finger pochten im Rhythmus ihres Herzschlags. Die Angst lag schwer in ihrem Magen, als sie in einen fensterlosen Raum geführt wurde, der nur von einer kargen Lampe erhellt wurde, die von der Decke hing und kaltes Licht auf die abgenutzten Stühle warf.

Sie wurde grob auf einen Stuhl gesetzt, gegenüber von zwei Polizisten, deren Mienen keine Emotionen zeigten. „Also, Mercy...", begann einer der Männer, seine Stimme war so scharf wie ein Messer, das die Stille durchschnitt. „Wir wissen, dass Sie mehr sind als nur eine einfache Demonstrantin. *George, rafiki mwaminifu* (George, ein vertrauenswürdiger Informant), hat uns erzählt, dass Sie die Menge im Uhuru-Park aufgewiegelt haben."

Mercy spürte, wie ihr Herz schneller schlug. George... Sie erinnerte sich an ihn, seine warnenden Worte, die sie am Abend zuvor noch ignoriert hatte. Ein Verräter oder vielleicht sogar ein *askari wa siri* (verdeckter Ermittler). Sie ballte ihre Hände unter dem Tisch zu Fäusten, zwang sich jedoch, ruhig zu bleiben. „*Siyo kweli*" (Das ist nicht wahr), sagte sie, doch ihre Stimme klang hohl, und sie wusste, dass ihre Worte hier bedeutungslos waren.

„Ach ja?" Der andere Polizist lehnte sich vor, seine Augen durchdrangen sie, als wollte er jede ihrer Reaktionen aufsaugen. „Wir haben Ihr Gesicht, Ihre Reden. Sie sind die *kiongozi wa ghasia* (Rädelsführerin). Wissen Sie, was das bedeutet?" Er zog langsam ein Blatt Papier aus einer Mappe, legte es vor ihr auf den Tisch und tippte mit dem Finger darauf. „Sie können mit 20 Jahren Gefängnis rechnen, Mercy."

Ihr Atem stockte, und für einen Moment verschwamm alles um sie herum. Zwanzig Jahre – eine Ewigkeit. Ihr ganzes Leben würde im Gefängnis vergehen. Die Vorstellung, in diesen Zellen, von denen sie schreckliche Geschichten gehört hatte, zu verrotten, ließ einen eisigen *mbaridi* (Schauer) ihren Rücken hinunterlaufen.

„*Shirikiana nasi*" (Kooperieren Sie), fuhr der Polizist fort, „verraten Sie uns Ihre Mitstreiter, dann sind es vielleicht nur fünf Jahre."

Mercy spürte, wie sich ihr Magen verkrampfte. Fünf Jahre – immer noch eine Strafe, die sie kaum ertragen könnte. Aber sie wusste, dass es kein Zurück gab. Sie blickte dem Polizisten direkt in die Augen und sagte fest: „*Sitamsaliti mtu*" (Ich werde niemanden verraten).

Die Männer sahen sich kurz an, dann zuckte einer die Schultern. „Ihre Entscheidung", sagte er kühl, bevor er ihr mit einer knappen Geste bedeutete, den Raum zu verlassen. Sie wurde aus dem Verhörraum geführt und auf einer harten Bank im Flur abgesetzt. „*Subiri hapa*" (Warten Sie hier), befahl man ihr. „Sie dürfen in der Zwischenzeit Ihr Telefon benutzen."

Mercy nahm das Handy mit zitternden Fingern entgegen. Die Erlaubnis schien ein seltsames Zugeständnis, fast wie eine *mtego* (Falle). Doch als sie sich umblickte, bemerkte sie, dass die Polizisten weiter hinten im Flur beschäftigt waren, vertieft in ihre Unterlagen und Verhöre anderer Festgenommener. Keiner achtete auf sie.

Langsam hob sie das Handy ans Ohr, tat so, als würde sie eine Nummer wählen. „*Hallo...*", flüsterte sie, als ob sie wirklich mit jemandem spräche. Sie stand auf, bewegte sich gemächlich den Flur entlang, als würde sie nach einem besseren Empfang suchen. „*Sikukusikia vizuri... Mawimbi ya mtandao ni mabaya*" (Ich höre dich nicht... der Empfang ist schlecht), murmelte sie leise und hielt ihren Blick auf das Handy gerichtet, um den Polizisten den Eindruck zu geben, sie sei abgelenkt.

Mit jedem Schritt kam sie der Tür näher. Ihr Herz pochte so laut, dass sie befürchtete, jemand würde es hören. Noch ein paar Schritte. Sie war jetzt fast da, und niemand schien Notiz von ihr zu nehmen. Die Tür stand offen, und die blendende Sonne draußen erhellte die Schwelle. Ein kurzer Blick zurück – die Polizisten waren abgelenkt, ihre Stimmen hallten von den Wänden wider.

Mercy atmete tief durch, hielt das Handy noch immer ans Ohr und tat so, als würde sie weiterhin angestrengt zuhören. Sie machte einen letzten, langsamen Schritt und trat über die Schwelle der Tür. Die kühle Luft der Freiheit wehte ihr ins Gesicht. *Tuliza roho yako* (Beruhige dein Herz), dachte sie. Sie zwang sich, ruhig zu bleiben, und ging einfach weiter, als wäre nichts. Der Moment der Entscheidung war vorbei – sie hatte es geschafft.

Draußen, auf der Straße, mischte sie sich unter die Menschen. Autos rauschten vorbei, Verkäufer boten ihre Waren an, und niemand schenkte ihr Beachtung. Noch immer das Handy ans Ohr gepresst, ging sie schnellen Schrittes die Straße hinunter, weg von der Polizeistation, hinein in die schützende Menge der Stadt.

Sie wusste, dass sie nicht sicher war – nicht wirklich. Aber für diesen einen Augenblick, während sie sich unter die Menschen mischte, spürte sie die *uhuru* (Freiheit) wie einen Hauch von Hoffnung auf ihrer Haut.

Draußen drängte sich Mercy durch die Menschenmengen, die Straßen von Nairobi schienen endlos. Ihr Herz raste, während sie ziellos durch die Stadt irrte; der kühle Wind trug Staub und den Lärm der hupenden Autos mit sich. Überall schien Leben zu sein, und doch fühlte sie sich allein, verloren inmitten der Tausenden von Gesichtern, die an ihr vorbeizogen.

Schließlich, nach einer endlos scheinenden Stunde des Umherirrens, fand sie sich vor einem schlichten Gebäude wieder, das sie kannte. Es war das Haus, in dem Racheal als Hausmädchen wohnte und arbeitete. Mercy zögerte, bevor sie an die Tür klopfte, warf noch einen schnellen Blick über ihre Schulter, um sicherzugehen, dass ihr niemand gefolgt war. Als die Tür sich öffnete und Racheal sie mit großen Augen ansah, stürzte Mercy sich in ihre Arme.

„*Tafadhali, Racheal, nahitaji msaada wako*" (Bitte, Racheal, ich brauche deine Hilfe), flüsterte sie, während sie die Schwelle übertrat. Das kleine Zimmer war kaum groß genug für das schmale Bett, das dort stand, aber es bot ihr einen Moment der Sicherheit. Racheal zog sie hinein und schloss die Tür hinter ihnen. „Du weißt, mein Arbeitgeber duldet keine Besucher", sagte sie leise, die Sorge war deutlich in ihrem Gesicht zu erkennen. „Aber ich kann dich nicht einfach draußen lassen."

Mercy sank auf das Bett, das kaum Platz für eine Person bot, geschweige denn für zwei. „*Nifanye nini sasa?*" (Was kann ich tun?), fragte sie, ihre Stimme brach fast. Die Verzweiflung in ihren Augen war wie ein Abgrund, in den sie zu fallen drohte. „Die Polizei sucht mich, und wenn sie mich finden, bin ich verloren."

Racheal seufzte, schüttelte den Kopf und setzte sich neben sie. „*Gerezani Kenya ni jehanamu*" (Gefängnis in Kenia ist die Hölle), sagte sie mit dunkler Stimme. „Du wirst dort misshandelt und gedemütigt. Viele Frauen werden vergewaltigt. Ich habe Geschichten gehört, Mercy. Ich würde eher sterben, als dorthin zu gehen."

Mercy schloss für einen Moment die Augen. Die Worte trafen sie tief, die Angst legte sich wie ein kalter Griff um ihr Herz. „Ich bin noch nicht einmal 30", sagte sie schließlich, ihre Stimme leise, aber entschlossen. „*Siwezi kukata tamaa*" (Ich kann nicht aufgeben). „Ich muss einen Weg finden, zu fliehen. Ich muss es versuchen."

Racheal blickte sie lange an, als wollte sie jede Möglichkeit in Mercys Augen abwägen. „*Bila pesa na pasipoti huwezi fika mbali*" (Ohne Geld und ohne Pass kommst du nicht weit), entgegnete sie. „Die Grenzen sind streng bewacht. Es ist ein Risiko, das du dir nicht leisten kannst."

Doch Mercy ließ sich nicht entmutigen. „*Nina mpango*" (Ich habe einen Plan), sagte sie und ihre Augen blitzten auf, während sie näher rückte.

„Namanga, die Grenzstadt zu Tansania. Ich war dort schon einmal. Es gibt einen Markt, direkt auf der Grenze, abseits des Kontrollpunkts. Die Leute gehen dort einfach hinüber, ohne kontrolliert zu werden."

Racheal sah sie skeptisch an. *„Na baada ya hapo?"* (Und dann? Was passiert, wenn du drüben bist?) „Du hast kein Geld, kein Netz. Was machst du dann?"

Mercy griff nach Racheals Hand, ihre Finger umklammerten sie fest. *„Nakukumbuka, wakati ule nilikusaidia kufika Nairobi"* (Erinnerst du dich, als ich dir damals geholfen habe, nach Nairobi zu kommen), „als du diesen Job gefunden hattest, aber kein Geld für den Easy Coach Bus hierher hattest? Jetzt bist du meine einzige Hoffnung. Komm mit mir nach Namanga. Ich gehe über die Grenze, und du nutzt den offiziellen Kontrollpunkt. Auf der anderen Seite treffen wir uns wieder."

Racheal seufzte, ihr Blick blieb einen Moment lang auf dem Boden haften, bevor sie aufsah. *„Sawa,"* (Okay) sagte sie schließlich, ihre Stimme war leise, aber entschlossen. „Aber das ist gefährlich, Mercy. *Hatupaswi kufanya makosa"* (Wir dürfen keine Fehler machen).

Am nächsten Morgen machten sie sich auf den Weg. Der Himmel über Nairobi war noch dunkel, als sie durch die Gassen schlichen, und der Mond warf lange Schatten auf die Straße. Das war der Beginn einer gefährlichen Reise, und Mercy wusste, dass es keine zweite Chance geben würde.

FLUCHT AUS KENIA

Am nächsten Morgen verließen Mercy und Racheal das Apartment in aller Frühe, bevor die Sonne vollständig aufgegangen war. Nairobi begann gerade erst zu erwachen. Die kühle Morgenluft lag noch über der Stadt, doch sie würde nicht lange anhalten. Die Geräusche des erwachenden Stadtlebens füllten die Luft: das entfernte Brummen der *pikipiki* (Motorräder), das Klappern der Händler, die ihre Stände aufbauten, und das leise Gemurmel der Menschen, die zur Arbeit aufbrachen. Die Straßen waren bereits überfüllt. Nairobi kannte keine kurzen Staus – es war ein einziger, endloser Stau.

Sie bewegten sich schnell, bemühten sich aber, nicht aufzufallen. Mercy zog den Kragen ihres Kapuzenpullis hoch und hielt den Kopf gesenkt, um den Blicken der Passanten auszuweichen. Sie wusste genau, dass schon der kleinste Verdacht ihr Ende bedeuten konnte. Neben ihr ging Racheal ruhig, ihre Haltung entspannt, aber ihre Augen wachsam. Beide wussten, dass sie wie ganz normale *Wakazi wa Nairobi* (Bewohner Nairobis) wirken mussten, die ihren alltäglichen Besorgungen nachgingen.

Am *Matatu*-Haltepunkt angekommen, der bereits voller Leben war, drängten sich Menschen – Schüler, Büroangestellte und Händler – um einen Platz. Das *Matatu*-System war das Rückgrat des öffentlichen Verkehrs in Nairobi und verband die weitläufigen Viertel mit dem Zentrum. Mercy und Racheal schafften es, sich in eines der Fahrzeuge zu zwängen, das zum Koja Stage fuhr. Der Fahrpreis betrug 150 KES pro Person, eine kleine, aber notwendige Ausgabe. Die Sitze waren eng und abgenutzt, der Stoff an einigen Stellen zerrissen, doch Mercy war daran gewöhnt. Sie presste sich gegen das Fenster.

Als das *Matatu* losfuhr, beobachtete sie das Erwachen der Stadt durch das Glas. Nairobis Chaos war ihr vertraut, und doch beunruhigte es sie heute mehr als sonst. Die Stadt war ein Ort voller Gegensätze. Die hohen Wolkenkratzer und Glasgebäude in Westlands und im CBD standen im krassen Gegensatz zu den überfüllten Slums am Stadtrand, wo das Leben täglich ein Kampf war. Sie fuhren an Straßenverkäufern vorbei, die ihre Stände mit frischem Obst, *chapati* und buntem *Maasai*-Schmuck bestückten. Motorräder schlängelten sich waghalsig zwischen den Autos hindurch, und der Geruch von Abgasen lag schwer in der Luft.

Bald steckten sie im dichten Verkehr der *Mombasa Road* fest. Unter dem massiven *Expressway* standen die Autos Stoßstange an Stoßstange, und ungeduldiges Hupen ertönte von allen Seiten. Die Motorräder, die *bodabodas*, zwängten sich durch jede verfügbare Lücke, die Fahrer unbeeindruckt von den engen Abständen. Durch das Fenster sah Mercy Fußgänger, die sich ihren Weg durch die Fahrzeuge bahnten, manche balancierten Körbe mit Lebensmitteln, andere trugen Kinder auf dem Rücken. Es war ein alltäglicher Tanz, und jeder schien seinen Platz darin zu kennen. Doch für Mercy fühlte sich jede Verzögerung an wie eine sich zuziehende *kitanzi* (Schlinge). Jeder Moment, in dem sie im endlosen Stau festsaß, ließ ihre Anspannung steigen.

Es dauerte eine gefühlte Ewigkeit, bis sie endlich die Endstation *Koja Stage* hinter dem *Globe Flyover* erreichten. Sie stiegen aus, und die Stadt traf sie mit voller Wucht. Es war laut, heiß, und der Staub von den unbefestigten Straßenabschnitten hing schwer in der Luft, sodass es schwerfiel zu atmen. Die Straßen waren überfüllt, und sie mussten sich durch die Menschenmenge schieben – einige waren auf dem Weg zur Arbeit, andere verkauften Kleinigkeiten oder bettelten. Die Gesichter flogen an ihnen vorbei, ein endloser Strom von Menschen in der morgendlichen Hektik.

Sie liefen die *Moi Avenue* hinunter, der Lärm um sie herum wuchs weiter an: das ständige Hupen der Autos, die Rufe der Händler, die ihre Waren anpriesen, und das ferne Dröhnen von Baustellen. Die Gehwege waren ein einziges Gewimmel. Sie passierten die *Haile Selassie Avenue*, eine der Hauptverkehrsadern der Stadt, und die chaotische Dynamik Nairobis umgab sie voll und ganz. Es war gleichzeitig lebendig und überwältigend. Mercy warf einen schnellen Blick auf die Gesichter um sie herum, wohl wissend, dass sie jederzeit jemand erkennen oder Alarm schlagen könnte. Sie hielt den Kopf gesenkt, das Herz raste. Sie konnte nur hoffen, dass es so früh noch keine *waraka wa msako* (Steckbriefe) mit ihrer Fahndung gab.

Endlich fanden sie das nächste *Matatu*, das nach *Athi River* fuhr. Der Fahrpreis betrug 440 KES pro Person – eine beachtliche Summe, besonders wenn Mercy daran dachte, wie viel sie noch für die restliche Reise brauchen würden. Doch es gab keine Wahl; es war der einzige Weg. Sie stiegen ein und suchten sich zwei freie Sitze. Der Innenraum roch nach Staub und Schweiß, und die Sitze waren hart und unbequem.

Aber das *Matatu* fuhr nicht sofort ab. Es wartete, der Motor lief im Leerlauf, während der Schaffner laut nach weiteren Passagieren rief. „*Athi River! Athi River!*", rief er und winkte den vorbeigehenden Menschen zu. Das Fahrzeug würde erst abfahren, wenn jeder Platz gefüllt war. Die Minuten zogen sich hin, und Mercy spürte die Spannung wieder steigen. Durch das Fenster beobachtete sie das Treiben auf der Straße: Straßenverkäufer, die *mahindi choma* (Maiskolben) rösteten, junge Männer, die Wasserflaschen und Handyguthaben verkauften, und Frauen, die Körbe mit Gemüse trugen. Der Lärm war ohrenbetäubend, doch es war der Rhythmus des Lebens hier, der weiterging, ungeachtet der Unruhe und Angst, die Mercy erfüllte.

Racheal blieb ruhig neben ihr, ihre Augen scannten die Straße, als würde sie jedes Gesicht, jede Bewegung abschätzen. Sie warteten und beobachteten, wie die Stadt mit ihrer gewohnten Intensität pulsierte. Mercy wusste, dass dies vielleicht der letzte Blick auf Nairobi für lange Zeit sein könnte, vielleicht sogar für immer, und der Gedanke war bittersüß. Diese Stadt, mit all ihrem Chaos und ihren Widersprüchen, war trotz allem ihr Zuhause.

Als das *Matatu* sich endlich langsam füllte, spürte Mercy eine Mischung aus Erleichterung und Angst. Der Weg, der vor ihnen lag, war lang, und die Ungewissheit schwebte wie ein Schatten über ihnen. Doch für den Moment konzentrierte sie sich auf jeden Atemzug, jede vergangene Sekunde ohne Zwischenfall, und hoffte, dass das *bahati* (Glück) auf ihrer Seite blieb.

Plötzlich näherte sich eine Polizeistreife dem *Matatu*. Zwei Polizisten traten aus dem Verkehr heraus und blieben direkt vor dem Fahrzeug stehen, ihre Blicke fest auf den Fahrer gerichtet. Sie sprachen mit ihm, und die Situation wirkte angespannt. Die Minuten dehnten sich in Zeitlupe, während alle im *Matatu* die Luft anhielten. Mercy spürte, wie ihr Herz schneller schlug; jeder Pulsschlag dröhnte in ihren Ohren. Sie tauschte einen Blick mit Racheal – einen Blick, der keine Worte brauchte. Beide wussten, dass eine Kontrolle das Ende bedeuten könnte.

Mercys Hände umklammerten die Kante des Sitzes so fest, dass ihre Knöchel weiß wurden. Jede Sekunde schien sich endlos zu dehnen, während die beiden Polizisten und der Fahrer weiter diskutierten. Sie versuchte, die Unterhaltung draußen zu verstehen, doch die Worte gingen im Lärm der Straße und dem Summen der Menschenmengen unter. Die Spannung im *Matatu* war greifbar. Einige Passagiere blickten nervös auf ihre Handys, andere starrten stumm aus dem Fenster, als könnten sie dadurch unsichtbar werden.

Die Angst kroch wie eine kalte Hand Mercys Rücken hinauf. Sollte die Polizei das *Matatu* kontrollieren, hätte sie keine Chance. Ohne Papiere und mit ihrem Gesicht, das die Polizeiwachen vielleicht bereits auf *waraka wa msako* (Steckbriefen) hatten, wäre sie sofort entdeckt. Alles wäre vorbei: die Freiheit, die Flucht, die Hoffnung auf ein neues Leben.

Doch dann, wie durch ein Wunder, nickten die Polizisten dem Fahrer zu und entfernten sich. Mercy wagte kaum, es zu glauben. Ihr Herz raste immer noch, aber als die Polizisten schließlich weitergingen und in der Menge verschwanden, fühlte sie eine überwältigende Welle der *faraja* (Erleichterung) durch ihren Körper strömen. Sie atmete tief durch und spürte, wie sich ihre Finger langsam wieder lockerten. Racheal warf ihr einen flüchtigen, beruhigenden Blick zu, doch beide wussten, dass dies nur ein kleiner Sieg in einem noch sehr langen und ungewissen Kampf war.

Das *Matatu* setzte sich schließlich in Bewegung, und sie fuhren die *Haile Selassie Avenue* entlang, bis sie die *Mombasa Road* erreichten. Die breite, stark befahrene Straße führte zwischen dem *Jomo Kenyatta International Airport* auf der einen Seite und dem *Nairobi Nationalpark* auf der anderen hindurch. Durch die Fenster sah Mercy die Flugzeuge, die vom Flughafen abhoben, und die weiten, offenen Flächen des Nationalparks, der in der Morgensonne golden leuchtete. Für einen kurzen Moment fühlte sich alles friedlich an, als würde die Stadt hinter ihnen verschwinden und die Straße ihnen den Weg in ein neues Leben eröffnen.

Doch das Gefühl der Erleichterung wich schnell einer neuen *wasiwasi* (Anspannung). Die Reise nach *Athi River* war erst der Anfang. Vor ihnen lag noch ein weiter Weg, voller Risiken und Ungewissheiten. Während das *Matatu* durch den dichten Verkehr fuhr und die Stadt hinter ihnen langsam kleiner wurde, blieb Mercy wachsam, die Augen auf die vorbeiziehende Landschaft gerichtet. Der Gedanke, dass die *uhuru* (Freiheit) noch so weit entfernt war, ließ ihre Anspannung nicht los. Die Fahrt nach Athi River bot trotz der Umstände eine Stunde der relativen Entspannung, doch Mercy wusste, dass die wahren Herausforderungen noch vor ihnen lagen.

Mercy war es gewohnt, sich inmitten von Menschenmassen zu bewegen, doch *Athi River* fühlte sich an wie eine andere Welt. Die sengende Mittagssonne brannte unbarmherzig vom Himmel, und die heiße, staubige Luft füllte ihre Lungen, während sie sich durch das chaotische Gewimmel aus Menschen, *matatus*, *pikipiki* (Motorrädern) und Straßenhändlern schob. Sie hatte den ersten Teil der Reise überstanden, aber jetzt ging es darum, den nächsten Bus nach *Namanga* zu finden – und das möglichst schnell.

Jeder Schritt auf dem belebten Platz schien sie tiefer in die Hektik zu ziehen. Straßenverkäufer riefen lautstark ihre Angebote aus, während Motorradfahrer, die *bodaboda*, entweder in Gruppen zusammenstanden oder wie hungrige Raubtiere um die Menschenmengen kreisten, stets auf der Suche nach Fahrgästen. Ihre Motoren knatterten und stießen dichte Abgaswolken aus, der Lärm war ohrenbetäubend. Mercy konnte kaum einen klaren Gedanken fassen, so intensiv waren die Eindrücke um sie herum.

Mit einem mulmigen Gefühl blickte sie sich um, suchte nach Hinweisschildern oder einem Anhaltspunkt, der ihr verraten könnte, wo der nächste Bus nach Namanga abfahren würde. Doch die Schilder waren veraltet oder fehlten ganz, und die wenigen, die es gab, waren von Staub bedeckt und in abblätternder Farbe geschrieben. Die unzähligen *matatus*, die sich scheinbar planlos durch die Menge schlängelten, trugen oft keine eindeutigen Zielangaben. Alles schien ineinander überzugehen: eine sich ständig bewegende Masse aus Menschen und Fahrzeugen.

Mercy versuchte, einen der vielen *makanga* (Matatu-Rufer) anzusprechen, die lautstark Fahrgäste anlockten, aber ihre Worte gingen im Lärm unter. Sie hatte das Gefühl, dass jeder Rufer gleichzeitig schrie, um die Aufmerksamkeit der vorbeigehenden Passanten zu gewinnen. Einige riefen *„Nairobi, Nairobi!"*, andere *„Mombasa!"* oder *„Kajiado!"* – doch Kajiado war nicht einmal die halbe Strecke, und niemand schien Namanga zu erwähnen.

Schließlich griff sie sich eine ältere Frau am Rand der Straße, die einen Korb voller Mangos auf dem Kopf balancierte. *„Samahani,"* (Entschuldigung) „wissen Sie, wo ich den Bus nach Namanga finde?" fragte Mercy, ihre Stimme leicht zitternd vor Anspannung.

Die Frau nickte und deutete mit ihrer Hand in eine unbestimmte Richtung. *„Hapo mbele"* (Da drüben), „aber beeil dich. Die Busse fahren, wenn sie voll sind."

Mercy folgte dem ausgestreckten Arm und bahnte sich ihren Weg durch die Menge, wich hupenden Motorrädern aus und drängte sich an Marktständen vorbei, die frische Ananas, gegrillte *mahindi choma* (Maiskolben) und bunte *kanga*-Stoffe verkauften. Überall schienen Menschen zu verhandeln, zu rufen oder sich durch die engen Gassen zwischen den Ständen zu drängen.

Endlich erreichte sie die Stelle, die die Frau ihr gezeigt hatte. Dort standen mehrere *matatus*, und ein junger Mann, der in grellen Farben gekleidet war, rief laut *„Namanga, Namanga!"* und winkte ihr zu. Sie atmete tief durch, erleichtert, endlich das richtige Fahrzeug gefunden zu haben. Doch die Hektik war noch nicht vorbei. Menschen drängten sich bereits um das *matatu*, schoben und drängelten, um sich einen Platz zu sichern.

Mercy spürte, wie die Panik in ihr aufstieg. Sie musste einen Platz bekommen, sie durfte nicht hier feststecken. Mit entschlossenen Schritten trat sie vor, schob sich durch die Menge und hielt sich am Türrahmen des *matatus* fest. Racheal zahlte die verlangten 440 KES pro Person, und der *makanga* (Anrufer) nickte beiden zu, als sie sich durch den engen Eingang zwängten und sich auf zwei benachbarte freie Sitze fallen ließen.

Kaum hatten sie sich hingesetzt, als der Bus bereits anfing, sich zu füllen. Jeder freie Zentimeter wurde genutzt. Taschen, Körbe und sogar ein paar *kuku* (Hühnerkäfige) wurden in den Gang geschoben. Die Hitze im Fahrzeug wurde drückend, und der Lärm von draußen drang durch die offenen Fenster. Mercy wischte sich den *jasho* (Schweiß) von der Stirn und versuchte, ruhig zu bleiben, während das Gedränge im Bus immer dichter wurde.

Der Motor des *matatus* sprang an, und mit einem lauten Ruck setzte er sich in Bewegung. Mercy lehnte sich zurück, atmete tief durch und hoffte, dass der nächste Abschnitt ihrer Reise *salama* (reibungslos) verlaufen würde.

Die Strecke war lang, und die Fahrt sollte eigentlich nur zweieinhalb Stunden dauern. Doch der kleine Bus hielt extrem oft, setzte Fahrgäste ab und nahm neue auf. Manchmal wartete er lange, bis wieder genügend *abiria* (Passagiere) zugestiegen waren, damit sich die Fahrt lohnte. So zog sich die ganze Tour endlos in die Länge und dauerte schließlich mehr als doppelt so lange wie geplant.

Zunächst ging es durch die Vororte von *Athi River*. Die Straßen waren hier chaotisch, gesäumt von kleinen Läden, Werkstätten und bunten Märkten, auf denen alles Mögliche verkauft wurde, von frischem Obst bis hin zu gebrauchten Autoteilen. Kinder spielten am Straßenrand, und Frauen mit farbenfrohen *kanga* (Kangas) auf den Köpfen trugen schwere Körbe voller Gemüse. Doch je weiter das *matatu* die Stadt hinter sich ließ, desto ländlicher wurde die Umgebung. Die Landschaft öffnete sich, und die dichten Reihen von Häusern wichen weitläufigen Flächen, die nur spärlich bebaut waren.

Die Fahrt führte durch ungenutztes Brachland, das immer wieder von kleinen *shamba* (Farmen) durchbrochen wurde. Die Farmen waren einfach, oft nur einige Felder mit Mais, Bohnen oder Hirse, die in der Sonne leuchteten. Esel und Ziegen zogen an den Feldern vorbei, betreut von Hirten, die ihre Herden durch das karge Land führten. Abgemagerte Kühe weideten direkt neben der Straße. Dazwischen tauchten immer wieder kleine Dörfer auf, in denen das Leben stillzustehen schien. Frauen schöpften Wasser aus *visima* (Brunnen), Kinder winkten den vorbeifahrenden *matatus* zu, und die wenigen Verkaufsstände boten lokal angebautes Obst und Gemüse an.

Als das *matatu* sich schließlich der Region um *Namanga* näherte, veränderte sich die Landschaft erneut. Der Boden wechselte zu den intensiven roten und orangenen Tönen, die durch das Eisenoxid im Erdreich entstanden. Das Licht der Nachmittagssonne ließ die Farben leuchten, und die Umgebung schien in einem warmen, glühenden Schein zu erstrahlen. Weite Flächen waren von *migunga* (Akazienbäumen) durchzogen, deren Schatten sich wie lange Finger über die rötliche Erde legten. Die Hügel in der Umgebung ragten wie Wellen am Horizont empor, und in der Ferne erhob sich majestätisch der schneebedeckte Gipfel des *Mount*

Kilimandscharo, der mit seiner beeindruckenden Präsenz den Himmel berührte.

Es war ein atemberaubender Anblick, der einem das Gefühl von *uhuru* (Freiheit) und Weite gab, doch Mercy hatte heute keinen Blick dafür. Sie verhielt sich während der gesamten Fahrt ruhig und vermied es, andere Fahrgäste anzusehen. Eigentlich konnte niemand ahnen, dass sie auf der Flucht war, aber das mulmige Gefühl blieb. Die Unruhe ließ sie nicht los, und während sie sich in ihrem Sitz zurücklehnte, hoffte sie, dass die verbleibende Reise sie endlich näher an die ersehnte Sicherheit bringen würde.

Doch Mercy hatte heute keinen Blick für die Schönheit der Natur. Ihr Kopf war gesenkt, die Schultern angespannt, während sie sich ruhig verhielt und vermied, die anderen *abiria* (Fahrgäste) anzusehen. Jedes Mal, wenn das *matatu* hielt und neue Passagiere einstiegen, zog sie den Kragen ihrer Kapuze etwas höher und hielt den Atem an. Doch das mulmige Gefühl blieb. Jeder Blick, der länger als nötig auf ihr ruhte, ließ ihre Nerven vibrieren. Sie blieb wachsam, die Hände fest um die Kante des Sitzes gekrallt, und zählte im Stillen die Minuten, bis sie endlich in Namanga ankommen würden.

An der Busstation in *Namanga* stiegen Mercy und Racheal aus. Die Sonne stand bereits tief am Himmel, es war nach 18 Uhr, und die Schatten wurden länger. Sie wussten, dass die Dämmerung hier am Äquator nur kurz dauerte. Die Dunkelheit kam schnell, als ob jemand einen Schalter umlegte. In wenigen Minuten würde die Sonne hinter den Hügeln verschwinden, und die Nacht würde sich über die Grenzstadt legen. Über die Grenze zu laufen, wenn es bereits dunkel war, könnte jedoch zu viel Aufmerksamkeit erregen. Für diese Nacht mussten sie einen sicheren Platz finden, um bis zum Morgengrauen zu warten.

Die Umgebung der Busstation war hektisch. Straßenverkäufer packten ihre Waren zusammen, während andere noch die letzten Früchte, Wasserflaschen oder gegrillten *mahindi choma* (Maiskolben) anboten. *Matatus* drängten sich auf engstem Raum, und die Stimmen der *makanga* (Schaffner) hallten durch die Luft, als sie lautstark ihre Routen ausriefen. Ein leichter Staubschleier lag über der Szene, aufgewirbelt von den vorbeifahrenden Motorrädern. Die abendliche Hitze wich allmählich der Kühle der nahenden Nacht, doch das mulmige Gefühl blieb. *Namanga* war eine

Grenzstadt, und man wusste nie, wer einen beobachtete. Die Straßen um die Grenzstation waren noch geschäftig, Händler packten langsam ihre Stände zusammen, und das Licht der untergehenden Sonne ließ die staubigen Straßen in einem goldenen Schein leuchten.

Mercy und Racheal waren erschöpft und wussten, dass sie sich für die Nacht einen sicheren Platz suchen mussten. Doch *pesa* (Geld) für ein Hotel oder Airbnb hatten sie nicht. Ihre erste Hoffnung lag auf der katholischen Kirche *St. Paul*, die nahe der Grenzstation stand. Die beiden klopften an und sprachen mit dem Pastor, baten demütig um Zuflucht für eine Nacht. Doch der Pastor, ein Mann mit festen Prinzipien, blieb hart. „*Mtakatifu Paulo* (St. Paul) war barmherzig und hat Menschen in Not geholfen," versuchte Mercy ihn zu überzeugen. Der Pastor schüttelte nur den Kopf und erwiderte trocken: „Keine Hilfe für Flüchtlinge. Wir wollen keinen Ärger." Mercy spürte, wie ihre Hoffnung ein Stück mehr schwand, doch sie und Racheal zogen weiter.

Nur wenige Meter entfernt stießen sie auf die *Redeemed Gospel Church*. Doch auch hier wurde ihnen die Tür verschlossen. Ein Gemeindemitglied erklärte ihnen freundlich, aber bestimmt, dass die Kirche nur am Sonntag für den Gottesdienst geöffnet sei. „*Mnakaribishwa Jumapili* (Ihr seid herzlich willkommen am Sonntag)," sagte die Frau, „aber zu anderen Zeiten kann diese Kirche keine Zuflucht gewähren." Mercy und Racheal dankten und zogen weiter, der Druck in ihrer Brust wuchs.

Ihre letzte Hoffnung war das *Namanga Hope Center*, das sich ein wenig außerhalb der Hauptstraße befand. Sie erreichten das Zentrum und sprachen mit Pastor Richard, der ihnen mit freundlicher, aber entschlossener Stimme erklärte: „Das *Hope Center* bietet Hoffnung für Waisenkinder. Flüchtlingen können wir keine Hoffnung geben. Unser ganzes Projekt hängt daran, dass wir uns an die Regeln halten, sonst riskieren wir, alles zu verlieren." Mercys Herz sank. Wieder ein Nein. Sie merkten, dass die Angst vor Konsequenzen durch staatliche Behörden hier überwiegt und alle Türen für sie verschlossen blieben.

Mercy und Racheal hatten keine andere Wahl. Sie gingen schnellen Schrittes ein paar hundert Meter weiter, weg vom geschäftigen Treiben der Busstation, bis sie auf einen riesigen Baum stießen, der sich wie ein stiller Wächter in die Höhe streckte. Die tiefhängenden Äste und das dichte Blätterdach boten ihnen ein wenig Schutz vor den Blicken und der

Kälte der Nacht. Der Boden war hart und uneben, doch sie sanken erschöpft darauf. Mercy lehnte sich gegen den massiven Stamm, zog die Knie an ihre Brust und hielt den Blick auf die Dunkelheit gerichtet, die sich über die Stadt legte.

Schließlich blieb ihnen keine andere Wahl, als die Nacht im Freien zu verbringen. Mit schnellen Schritten entfernten sich Mercy und Racheal einige hundert Meter von der Busstation, weg vom geschäftigen Treiben und den neugierigen Blicken. In der zunehmenden Dunkelheit stießen sie auf einen gewaltigen Baum, dessen tief hängende Äste und dichtes Blätterdach wie ein natürlicher Schutzschirm wirkten. Unter diesem grünen Dach, umgeben von der Schwärze und Stille der Nacht, ließen sie sich nieder, so gut es ging. Der Boden war hart und uneben, doch es blieb ihnen nichts anderes übrig. Sie lehnten sich an den mächtigen Stamm, zogen ihre Jacken enger um sich und versuchten, die Kühle der Nacht von ihren durchfrorenen Körpern fernzuhalten, während sich die Dunkelheit über *Namanga* senkte.

Der Boden unter ihnen war unbequem, aber sie hatten keine andere Wahl. Mercy lehnte sich fest gegen den massiven Stamm, zog die Knie an ihre Brust und spürte die raue Rinde im Rücken, während Racheal sich eng neben sie setzte.

Als die Geräusche der Grenzstadt allmählich verstummten und die Nacht hereingebrochen war, lehnte sich Racheal zu Mercy und flüsterte: „Warum gehst du eigentlich nicht einfach zum Grenzposten und bittest dort um Asyl? Warum das Risiko eingehen, dich weiter durchzuschlagen bis nach *Arusha*?"

Mercy zögerte einen Moment, blickte in die Dunkelheit und suchte nach den richtigen Worten. „Es ist nicht so einfach," begann sie leise, aber mit einem Hauch von Entschlossenheit in der Stimme. „*Ninaogopa* (Ich habe Angst), dass sie meinen Antrag ablehnen und mich nach Kenia zurückschicken. In *Namanga*, so nah an der Grenze, wäre das Risiko groß. Dieser One-Stop-Borderpoint ist ein gemeinsamer Grenzposten, auch mit *wakenya* (kenianischen Beamten) besetzt. Da sehe ich nur die Gefahr, dass sie mich direkt der kenianischen Polizei übergeben."

Racheal nickte verständnisvoll, doch sie hakte nach. „Aber hier in *Namanga* gibt es bestimmt auch Organisationen, die helfen könnten."

Mercy seufzte tief. „Leider nein. Die Grenze Tansanias zu Kenia ist nicht wie die zu Burundi. Hier gibt es eigentlich keine politischen

Flüchtlinge; *Majirani wetu ni marafiki* (Unsere Nachbarn sind Freunde), man betrachtet den Nachbarn als vertrauten Freund ohne politische Verfolgung. Diese Grenzstadt ist nicht auf Flüchtlinge wie mich vorbereitet. Hier geht es um Handel und Kontrolle, nicht um langfristige Hilfe. In *Nduta* habe ich bessere Chancen, Unterstützung zu finden. Dort gibt es Hilfsorganisationen, die darauf spezialisiert sind, Menschen wie mir zu helfen. *Wanajua kusaidia watu kama mimi* (Sie wissen, wie man Menschen wie mir hilft). Außerdem..." Sie schaute kurz zu Boden, als ob ihr der nächste Gedanke unangenehm war. *Namanga ni ndogo sana na watu wanaona kila kitu* (Namanga ist zu klein, und alle sehen alles). Hier könnte jemand meine Geschichte zurück nach Kenia tragen. Ich will nicht riskieren, dass die kenianischen Behörden von meiner Flucht erfahren und mich auch hier noch verfolgen."

Racheal lauschte aufmerksam, die Nachtluft wurde immer kühler, aber ihre Fragen blieben warm und voller Sorge. „Und in *Nduta* glaubst du, dass du sicherer bist?"

„Ja, *Ninaamini Nduta itanisaidia* (Ich glaube, Nduta wird mir helfen)," sagte Mercy mit einem kleinen Nicken. „NGOs wie der *Norwegian Refugee Council* (NRC) haben immer wieder Flüchtlingen zu politischem Asyl in Europa verholfen."

Die Worte verhallten leise im nächtlichen Rascheln der Blätter, und Racheal legte eine Hand auf Mercys Schulter. „Ich verstehe," flüsterte sie, und die beiden Frauen teilten einen stillen Moment voller Verständnis und Entschlossenheit.

Die Nacht brach schnell herein, und die Geräusche der Stadt wurden leiser, als die Händler allmählich ihre Stände schlossen und die letzten *matatus* ihre Fahrgäste entluden. Nur das entfernte Brummen von Lastwagen, die über die Grenze fuhren, und das gelegentliche Bellen von Hunden durchbrachen die Stille. Es war eine seltsame Mischung aus Friedlichkeit und Anspannung, die die Luft erfüllte.

Jetzt, wo die Aufregung und Hektik des Tages verflogen waren, spürte sie jeden einzelnen Schmerz, der während ihrer Flucht in den Hintergrund gedrängt worden war. Der Finger, den sie sich vor Tagen bei einem Sturz verletzt hatte, pochte in einem dumpfen Rhythmus, der nicht nachließ. Ihr Bein schmerzte bei jeder kleinsten Bewegung, eine Erinnerung an die heftige Konfrontation mit der Polizei auf der Demonstration.

Die Insektenstiche auf ihrem Rücken brannten und juckten, und sie hatte Mühe, sich nicht zu kratzen. Die unbarmherzige Natur der Wildnis war in jedem Stich, jeder Schürfwunde spürbar. Es war eine üble Erinnerung an die Nacht im Polizeiarrest.

Sie seufzte leise und versuchte, den Schmerz wegzuatmen, während sie die Beine anzog. Die Dunkelheit um sie herum wirkte bedrohlich auf sie.

Racheal bemerkte ihr Unbehagen und legte ihr tröstend eine Hand auf die Schulter. „Morgen wird es besser," flüsterte sie, als würde sie versuchen, nicht nur Mercy, sondern auch sich selbst Mut zuzusprechen. Mercy nickte stumm, die Worte hallten in ihr nach. Morgen, dachte sie, morgen würde sie wieder weiterkämpfen – aber jetzt, in diesem Moment, musste sie einfach nur den Schmerz ertragen.

Der Baum bot ihnen zwar einen gewissen Schutz, doch die Nacht im Freien war nicht ohne Risiko. Zwischen der *Masai Mara* und dem *Amboseli-Nationalpark* zogen wilde Tiere wie Hyänen und gelegentlich sogar Löwen umher. Zwar mieden diese Raubtiere Siedlungen und Menschen, doch ein ungeschützter Platz wie dieser am Rande der Stadt war nicht völlig sicher. Mercy hörte in der Ferne das einsame Heulen einer Hyäne und spürte, wie ein kalter Schauer über ihren Rücken lief. Die Vorstellung, dass sich ein Raubtier unbemerkt an sie heranschleichen könnte, ließ ihr Herz schneller schlagen und ihre Augen immer wieder in die Dunkelheit wandern.

Die Kühle der Nacht und das Wissen, dass sie ohne Dach über dem Kopf waren, ließen Mercy frösteln. In den wenigen Minuten der Dämmerung beobachtete sie die Lichter der Stadt, die nach und nach angingen, und spürte, wie die Unsicherheit und Anspannung auf ihr lasteten. Jeder Schatten, jedes Geräusch schien bedrohlich, und sie wusste, dass in dieser Nacht jede falsche Bewegung oder jedes unüberlegte Geräusch ihre Lage verraten könnte.

In der dichten Stille der Nacht drängten sich Erinnerungen in ihren Kopf. Die Gesichter ihrer Familie tauchten vor ihr auf – das Grinsen ihres Bruders, die Geschichten ihrer Großmutter im Schein des Feuers. Was würden sie sagen, wenn sie wüssten, dass sie hier war, allein und voller Angst? *Ninaogopa lakini sina chaguo lingine* (Ich habe Angst, aber ich habe keine andere Wahl). Doch es gab kein Zurück; sie hatte sich selbst geschworen, für ein Leben zu kämpfen, das sie wirklich lebenswert fand.

Und sie musste fest daran glauben, dass dieser Schritt sie dorthin bringen würde.

Sie zog den Kragen ihres Kapuzenpullovers enger um sich, als könnte er sie vor den Gefahren der Nacht schützen. Noch einmal musste sie durchhalten, noch eine Nacht im *giza* (Dunkel), bevor die Flucht weiterging.

Am nächsten Morgen war es so weit. Racheal machte sich bereit, den offiziellen Weg über den Grenzübergang zu gehen. Ihre Schritte waren ruhig und entschlossen, als sie sich in die Schlange der Passagiere einreihte, die ihre *vitambulisho* (Pässe und Ausweise) vorzeigten. Für sie war der Übergang kein Problem, denn sie besaß ihre *ID Card* und den erforderlichen Nachweis der *chanjo ya homa ya manjano* (Gelbfieberimpfung). Mercy jedoch hatte einen anderen Plan.

Sie bewegte sich zwischen den Marktständen hindurch, die genau auf der Grenze standen. Die Stände waren beladen mit frischem Obst, Gemüse, Stoffen und allerlei Kleinigkeiten, die die Einheimischen auf beiden Seiten der Grenze kauften und verkauften. Der Staub lag schwer in der Luft, und der Markt war lebendig. Der Grenzstreifen selbst war kaum mehr als eine gedachte Linie im Sand, ein etwa 50 Meter breiter unbebauter Korridor, gesäumt von parkenden Autos, kleinen LKWs und provisorischen Marktständen. Die Händler riefen lautstark ihre Waren aus, und das geschäftige Treiben machte die Grenze fast unsichtbar. Mercy hielt sich dicht an die Stände, ihre Augen wachsam auf den Weg vor ihr gerichtet. Jeder Schritt bedeutete ein Stück näher an der Freiheit – und doch fühlte sie die Anspannung in ihrem Rücken wie eine unsichtbare Last.

Mercy blieb in der Nähe eines Marktstandes stehen, ihr Blick wachsam und angespannt. Die Grenze wirkte wie ein belebter Marktplatz, der die Menschen beider Länder verband – Kenianer und Tansanier gingen scheinbar ungestört hin und her. Einige trugen schwere Waren auf dem Rücken, andere balancierten Körbe auf dem Kopf oder schoben handgezogene Karren, beladen mit Gemüse und Stoffballen. Niemand schien sie aufzuhalten, keine Kontrollen, keine Fragen. Es wirkte fast surreal, dass die Grenze hier so durchlässig war, als gäbe es keine Trennung zwischen den beiden Ländern.

Nach einem letzten, nervösen Blick um sich wagte Mercy den entscheidenden Schritt. Sie atmete tief durch, zog den Kragen ihres Pullovers höher und ging zügig, aber unauffällig über die Grenze. Jeder Schritt ließ ihr Herz schneller schlagen, doch sie hielt sich zurück, vermied hastige Bewegungen und versuchte, ruhig zu wirken – ein Fuß vor den anderen, als wäre sie nur eine weitere Einheimische, die ihren Alltag lebte. Keiner nahm Notiz von ihr. Der Moment, in dem sie die unsichtbare Linie übertrat, fühlte sich an wie ein *kuruka katika giza* (Sprung ins Ungewisse). Als ihr Fuß tansanischen Boden betrat, überkam sie eine Welle der Angst. Es war real; sie ließ alles Vertraute hinter sich. Bilder ihres Dorfes, das Lachen ihrer Mutter, das Rauschen des Abendgebets schwirrten in ihrem Kopf. *Je, nitawaona tena?* (Würde ich sie jemals wiedersehen?) Sie ging fort, doch verlor sie dabei nicht auch ein Stück ihrer Vergangenheit? Sie schaffte es, die Grenze unbemerkt zu überqueren.

Auf der anderen Seite, abseits der offiziellen Kontrollen, wartete Racheal bereits auf sie. Ein erleichtertes Lächeln breitete sich auf ihrem Gesicht aus, als sie Mercy sah, und sie führte sie direkt zu einem kleinen Stand. Unter Vorlage ihrer *ID Card* kaufte Racheal eine SIM-Karte von Vodafone, lud diese routiniert mit einem kleinen Betrag auf und half Mercy, die Vodafone *m-Pesa* App zu installieren. Das System funktionierte ähnlich wie das kenianische von Safaricom: Telefonie, Internet und mobiles Bezahlen in einem. Für einen kurzen Moment fühlte sich alles wieder normal an, und Mercy spürte eine Welle der *faraja* (Erleichterung). Sie hatte es geschafft. Sie war über die Grenze und hatte nun eine Möglichkeit, mit der Außenwelt verbunden zu bleiben und Geld zu empfangen.

Doch es gab auch Dinge, an die sie sich anpassen musste. Die Währung in Tansania war ungewohnt. Ein kenianischer Schilling entsprach zwanzig tansanischen Schilling. Plötzlich waren die Preise schwindelerregend hoch: Eine einfache Portion *githeri* am Straßenrand kostete nicht mehr 50 kenianische Schilling, sondern 1.000 tansanische Schilling. Diese Zahlen erschienen ihr gewaltig, und es würde dauern, bis sie sich an die neuen Beträge gewöhnt hatte.

Doch der schwerste Moment stand ihr erst noch bevor. Die Zeit des Abschieds war gekommen. Racheal umarmte Mercy fest, und für einen Augenblick standen sie still, umgeben vom unablässigen Trubel des Marktes und des Grenzverkehrs, der sich unbeeindruckt um sie herum bewegte. *„Jihadhari* (Pass gut auf dich auf)," sagte Racheal mit ernster Stimme, ihre Augen spiegelten Sorge und Trauer wider. „Ich wünsche dir nur das Beste, aber *siwezi kwenda nawe* (ich kann nicht weiter mit dir gehen)."

Mercy spürte, wie sich ein Kloß in ihrem Hals bildete, als sie leise flüsterte: „*Ninajua. Asante kwa kila kitu. Sitakusahau kamwe* (Ich weiß. Danke für alles. Ich werde dich nie vergessen)." Ihre Stimme bebte, aber sie zwang sich, die Tränen zurückzuhalten. Sie wusste, dass dies der Moment war, in dem sie loslassen musste.

Racheal nickte, sah Mercy ein letztes Mal an und drehte sich dann um, um den Weg zurück in Richtung Nairobi anzutreten. Mercy beobachtete sie, sah, wie sie sich durch die Menge bewegte, bis sie schließlich im Getümmel verschwand. Ein Gefühl der Leere überkam sie, als die Einsamkeit sie mit voller Wucht traf. Die Realität, dass sie nun wirklich auf sich allein gestellt war, lastete schwer auf ihr.

Doch es gab keinen Weg zurück. Hier, in einem fremden Land, ohne Geld, ohne Pass, stand sie am Anfang eines neuen Kapitels. Die Herausforderung vor ihr schien riesig, und doch hatte sie den ersten Schritt in die Freiheit gewagt. Sie atmete tief ein, richtete den Blick auf den Weg vor ihr und machte sich bereit für das, was nun auf sie zukam. „*Safari yangu imeanza tu*" (Meine Reise hat gerade erst begonnen).

DIE REISE NACH ARUSHA

Mercy zog die Kapuze tief ins Gesicht, als sie sich in das geschäftige Chaos von *Namanga* stürzte. Die kleine Stadt war ein Wirbel aus Aktivitäten: Händler schrien ihre Waren aus, und der Duft von frisch gebackenen *chapati* und gegrilltem *mahindi choma* (Maiskolben) hing schwer in der Luft. Die Stände säumten die Straßen, beladen mit allem, von frischem Obst bis hin zu farbenfrohem *vito vya Maasai* (Maasai-Schmuck). Menschen strömten in alle Richtungen, ihre Stimmen vermischten sich mit dem ständigen Hupen der *pikipiki* (Motorräder) und dem Brummen der Busse. *Namanga* war ein Ort, an dem Grenzen verschwammen und Identitäten im Gedränge untergehen konnten.

Schnell und ohne Zögern bewegte sie sich durch die Menge, ihre Augen stets wachsam, suchten nach Polizisten oder Grenzbeamten. Sie wusste, dass sie sich keine Unsicherheit erlauben durfte – jedes Zögern, jedes Zeichen von Nervosität könnte Verdacht erregen. Ihr Herz schlug schneller, als sie endlich die Reihe der staubigen *daladala* (Minibusse) entdeckte, die am Rand des Marktes parkten. Die Fahrer riefen laut ihre Ziele aus. Mercy bahnte sich ihren Weg zu dem Bus, der nach *Arusha* fahren würde.

Der *daladala* war ein verrosteter, enger Kleinbus, dessen Seiten von verblassten Aufklebern bedeckt waren. Der Geruch von Öl und Staub hing schwer in der stickigen Luft. Der Fahrer rief nach weiteren Fahrgästen, „*Arusha! Arusha!*", und deutete den Menschen an, sich hineinzudrängen. Mercy zögerte kurz, atmete tief durch und stieg ein. Der Innenraum war bereits überfüllt – Menschen drängten sich zusammen, Taschen wurden zwischen die Sitze gequetscht, und einige lebende Hühner gackerten in provisorischen Käfigen im Gang. Vorsichtig schob sie sich an einem älteren Mann mit einem Sack Mais und einer jungen Frau mit einem

Kleinkind vorbei, bevor sie einen winzigen Platz am Fenster fand. Sie presste sich in den Sitz und spürte die erdrückende Hitze der dicht gedrängten Körper um sich herum.

Der Fahrer rief weiter nach Fahrgästen, und immer mehr Menschen quetschten sich in den Bus. Es gab keine *AC* (Klimaanlage), und die Luft im Inneren wurde schnell stickig. Schweiß lief Mercy den Rücken hinunter, während sie aus dem Fenster starrte und das geschäftige Treiben draußen beobachtete. Straßenhändler drängten sich um den Bus, streckten Wasserflaschen, *samosa* und Obst durch die offenen Fenster, in der Hoffnung, noch etwas zu verkaufen, bevor der Bus losfuhr. Aus den knisternden Lautsprechern dröhnte *Bongo-Flava*-Musik, die den kleinen Raum mit hämmernden Rhythmen füllte. Die Passagiere unterhielten sich aufgeregt auf *Kiswahili*, doch dieses *Kiswahili* klang für Mercy ganz anders als das, was sie aus Nairobi kannte. Hier betonten die Menschen vieles anders und verwendeten eigene Wörter: statt *„Matatu"* hörte sie *„daladala"*, statt *„Tomato"* das traditionelle *„nyanya"*, und *„Kiosk"* nannten sie *„kibanda"*. Die Stimmen vermischten sich mit der Musik und dem Straßenlärm zu einem unüberschaubaren Klangteppich.

Mercy hielt den Blick gesenkt; am liebsten hätte sie sich unsichtbar gemacht. Sie durfte keine Aufmerksamkeit auf sich ziehen. Doch die neugierigen Blicke einiger Fahrgäste entgingen ihr nicht. Einige sahen sie ein paar Sekunden zu lange an, als wollten sie wissen, warum sie alleine unterwegs war. Ihr Herz schlug rasend, aber sie zwang sich, ruhig zu bleiben und den Kopf unten zu halten, während sie den Gesprächen um sie herum lauschte und versuchte, so unauffällig wie möglich zu bleiben.

Plötzlich ermahnte der Fahrer alle, ihre *vitambulisho* (Ausweise) bereit zu halten: Nur zwei Kilometer hinter *Namanga*, bei *Soko La Mbuzi* (dem „Ziegenmarkt"), gäbe es eine Polizeikontrolle. Mercys Herz setzte einen Schlag aus, und Panik breitete sich in ihr aus. Wie sollte sie die Kontrolle umgehen? Sie dachte fieberhaft nach und fasste schließlich einen Plan. Schnell erklärte sie dem Fahrer, sie müsse noch einmal auf die Toilette, und stieg eilig aus. Draußen täuschte sie einen ankommenden Anruf vor, während sie sich nervös umsah, bevor sie sich erneut an den Fahrer wandte. „Es tut mir leid, aber es ist etwas dazwischengekommen. Ich kann erst morgen weiterreisen," sagte sie ihm, ihre Stimme so entschlossen wie möglich. Der Fahrer murmelte nur ein gelangweiltes *„Hakuna Matata"* (Kein Problem), weigerte sich aber, den Fahrpreis zurückzuerstatten. Mercys Magen verkrampfte sich – sie hatte so wenig *pesa* (Geld), und nun war auch das verloren. Aber sie hatte keine Wahl; die Kontrolle wäre ihr Verhängnis geworden.

In dem kleinen Lokal, das den klangvollen Namen „Green Apple Hotel" trug, setzte sich Mercy an einen wackligen Tisch. Obwohl der Name vielleicht an eine europäische Herberge erinnerte, war dieses „Hotel" nichts anderes als ein Café oder eine einfache *mgahawa* (Gaststube), in der Reisende und Einheimische zusammenkamen. Der Duft von gegrilltem Fleisch und *viungo* (Gewürzen) lag in der Luft, und das leise Summen der Gespräche bildete einen Hintergrund aus Stimmen, Gelächter und dem Klirren von Geschirr.

Eine Bedienung, eine junge Frau mit strengem Gesichtsausdruck, trat an ihren Tisch. „*Ungependa kuagiza nini?*" (Was möchten Sie bestellen?) fragte sie knapp.

Mercy blickte verlegen zu ihr auf. „Ich... könnte ich noch einen Moment überlegen?" Sie hatte kein Geld und wusste, dass dies hier nicht der Ort war, an dem man Geduld für solche Situationen zeigte.

Die Bedienung zog die Augenbrauen zusammen. „Hier bleiben dürfen nur Gäste, die auch bestellen," sagte sie scharf. „*Watu bila pesa* (Leute ohne Geld) sind hier nicht willkommen."

Mercy spürte, wie sich die Blicke der anderen Gäste auf sie richteten, und ihr Gesicht wurde heiß vor Scham. Gerade als die Bedienung den Ton verschärfte und Mercy am liebsten im Boden versunken wäre, trat ein Mann an ihren Tisch und unterbrach das Gespräch. „Die junge Dame bestellt sich etwas zu trinken," sagte er mit einem charmanten Lächeln. „Sie ist von mir eingeladen."

Er wandte sich Mercy zu, sein Blick freundlich, aber zugleich fest. „*Habari, mimi ni Hamisi.* (Hallo, ich bin Hamisi). Ich wurde an einem Donnerstag geboren. Heute ist Donnerstag. Es ist also quasi mein Geburtstag. Deshalb lade ich dich zu einer *soda* ein."

Mercy lächelte schüchtern und nickte. „Danke, das ist sehr freundlich," sagte sie, dann fügte sie ehrlich hinzu: „Aber mache dir bitte keine falschen Hoffnungen."

Hamisi lachte leise. „*Usijali* (Keine Sorge)," erwiderte er gelassen. „Ich sehe nur eine *Mkenya* (Kenianerin), die aus dem Bus gestiegen ist und nicht einmal Geld für eine *soda* hat. Ich denke, wir sollten uns unterhalten."

Mercy war skeptisch, blieb jedoch höflich. „Worüber denn?" fragte sie und schaute ihm in die Augen. „Ich weiß ja nicht einmal, ob ich dir vertrauen kann."

Hamisi lächelte geheimnisvoll. „Lass mich raten: Gültige Reisedokumente hast du auch nicht, oder? Ich denke, deine Möglichkeiten sind *ndogo* (begrenzt). Wo soll es denn hingehen?"

„Nach Arusha," antwortete Mercy leise, beinahe wie in einem Traum.

Hamisi hob eine Augenbraue und grinste schief. „Ahh, wohnt dort etwa deine große Liebe? Dann soll er dir mal etwas Geld schicken, denn das wirst du brauchen. Ohne Papiere kommst du nicht weit. Die *polisi* wird dich aus jedem Bus rausfischen. Es gibt nur eine einzige Straße von hier nach Arusha, und dort gibt es an mehreren Kontrollpunkten strenge Kontrollen."

Mercy seufzte. „Kann ich nicht einfach zu Fuß gehen?"

Hamisi schüttelte den Kopf. „Ja, wenn du keine Angst vor den *simba na fisi* (Löwen und Hyänen) da draußen hast," erwiderte er. „Außerdem solltest du dich von keinem Massai sehen lassen – sie informieren sofort ihren *mzee wa kijiji* (Chief) bei Unbekannten, und der wiederum die Polizei. Abgesehen davon ist Arusha über hundert Kilometer entfernt. Zu Fuß durch die Wüste? Das ist schlicht unmöglich."

Ein Funke Hoffnung glomm in Mercy auf. „Aber du hast eine Lösung, richtig?"

Hamisi nickte, und sein Gesicht bekam einen geschäftsmäßigen Ausdruck. „Ja, gültige Papiere. Du hast sicher nur eine kenianische *ID Card*, oder? Keine Immigration-Papiere, keine Gelbfieberimpfung?"

Mercy sah ihm in die Augen und beschloss, ehrlich zu sein. „Ich habe nicht einmal eine kenianische ID."

Hamisi seufzte, als hätte er das Schlimmste schon vermutet. „Das macht es schwieriger, aber nicht unmöglich," sagte er. „Du kannst für 2.500 US-Dollar eine tansanische ID bekommen, oder für 3.500 eine kenianische ID mit Gelbfieberimpfung und für 6.000 US-Dollar einen kenianischen Reisepass. Schreib deinem Freund, er soll dir das Geld schicken, und in fünf Tagen hast du gültige Papiere."

Mercy bemühte sich, ihre Überraschung zu verbergen. Diese Summen waren für sie astronomisch, Summen, die sie niemals aufbringen konnte.

Aber sie wollte Hamisi im Glauben lassen, dass sie interessiert war. Wenn er dachte, sie würde ihm Geld bringen, würde er sie nicht aus Verärgerung der Polizei verraten. Sie setzte ein nachdenkliches Lächeln auf, leerte ihre *soda* und bedankte sich bei Hamisi.

„Das klingt... *inashawishi* (interessant)," sagte sie und bemühte sich, ruhig zu klingen. „Ich werde versuchen, das Geld zu organisieren."

Hamisi nickte zufrieden, und Mercy nutzte den Moment, um sich zu verabschieden. Als sie das *Green Apple Hotel* verließ, spürte sie die drückende Hitze wieder auf ihrer Haut, und ihre Gedanken kreisten. Diese Begegnung hatte ihr eine Welt offenbart, die sie bisher nur vom Hörensagen kannte – eine Welt, in der die Freiheit einen Preis hatte, den sie nie würde zahlen können.

Ratlos und verzweifelt stand Mercy am Straßenrand und überlegte, was sie tun sollte. Ihre Blicke huschten suchend umher, bis sie schließlich einen *dereva wa lori* (LKW-Fahrer) entdeckte. Mit einem Hauch neuer Hoffnung sprach sie ihn an und fragte, ob er sie vielleicht mitnehmen könnte – gut versteckt auf der Ladefläche. Doch er schüttelte nur den Kopf und lehnte ab. Ihre Hoffnung begann schon wieder zu schwinden, als er auf einen Mann in der Nähe zeigte: „*Muulize Dominic pale* (Frag mal Dominic da drüben)."

Mercy atmete tief durch und ging zu Dominic hinüber. Er musterte sie kurz, und zu ihrer Erleichterung erklärte er sich bereit, sie im Laderaum seines großen LKW zu verstecken und bis Arusha mitzunehmen – doch seine Bedingungen ließen sie erstarren: zwei Millionen tansanische Schilling. Der Betrag war für Mercy unerreichbar. Sie versuchte verzweifelt, zu verhandeln, ihre Stimme flehend, doch Dominic blieb hart. „Würde ich erwischt, *hizo pesa* (dieses Geld) müsste reichen, um die Polizisten zu bestechen und wenigstens mich weiterfahren zu lassen," erklärte er kühl und mit einem entschlossenen Gesichtsausdruck.

Mercys Hoffnung zerbröckelte wie Sand in ihren Händen. *Pesa* wie diese waren unerreichbar, und sie fühlte sich von der Verzweiflung überwältigt. Die Straße lag endlos vor ihr, und sie hatte kaum noch eine Idee, wie sie weiterkommen sollte.

Mercy zog die Kapuze tief ins Gesicht und bestellte für 12.000 Tanzanische Schilling ein *bodaboda* (Motorrad-Taxi), um die nächsten 25

Kilometer bis *Longido* zurückzulegen. Das Motorrad brachte sie ein Stück die *A104* entlang, bis sie etwa einen Kilometer vor *Soko La Mbuzi* abstieg. Mercy atmete tief durch und lief auf ihren *slippers* (Flip-Flops) einen schmalen Pfad nach Westen. An der ersten Kreuzung bog sie nach Süden ab, sich so weit wie möglich von den Maasai-Dörfern fernhaltend. Gerüchte besagten, dass einige Maasai sich als *watoa taarifa* (Informanten) für die Polizei ein kleines Zubrot verdienten – ein Risiko, das sie auf keinen Fall eingehen konnte.

Als sie ein ausgetrocknetes Flussbett erreichte, verließ Mercy den Pfad und ging querfeldein weiter in südlicher Richtung. Schließlich erreichte sie die Hochspannungs-Trasse, die sich wie ein stiller Wächter durch die Landschaft zog. Sie folgte der Trasse, bis sie auf einen Zaun stieß. Entlang des Zauns bewegte sie sich vorsichtig weiter, bis sie an ein Ende kam, wo sich ein kleiner, ausgetrockneter Bachlauf in die Erde schnitt. In dessen Schutz schlug sie einen Bogen und kehrte zurück zur Straße – den *kituo cha polisi* (Polizeiposten) hatte sie auf diese Weise erfolgreich umgangen. Wie verabredet, wartete der Motorradfahrer nahe der Straße auf sie.

Sie stiegen erneut auf das *bodaboda* und setzten ihre Reise auf der *A104* fort. Doch nach wenigen Kilometern bog der Fahrer links ab, auf eine unbefestigte Straße, die so holprig war, dass Mercy das Geholpere bereits schmerzhaft in ihrem Rücken spürte. Sie fuhren weiter, bis sie an einem weiteren trockenen Bachlauf ankamen, dem der Fahrer nun folgte. Der schmale, gewundene Pfad schien sich unendlich in die Landschaft zu ziehen, und Mercy wurde bewusst, dass sie sich einem völlig fremden Mann anvertraut hatte. Hätte er böse Absichten, wäre sie hier draußen vollkommen hilflos. Doch die ständigen Stöße und das laute Knattern des Motorrads ließen keine Zeit für Furcht.

Nach einer gefühlten Ewigkeit bog das Motorrad schließlich in einen noch kleineren Bachlauf ab, bis Mercy zu ihrer großen Erleichterung wieder die Straße vor sich sah. Die geteerte Straße war eine Wohltat nach der holprigen Geländefahrt, die ihr eine zweistündige Wanderung erspart hatte.

Die *A104* führte sie weiter, vorbei an kleinen Maasai-Dörfern. Sie waren nun schon drei Stunden unterwegs auf einer Strecke, die normalerweise keine 15 Minuten in Anspruch genommen hätte. Plötzlich bremste der Fahrer scharf und fluchte leise: *„Laana ya Mungu!"* (Verdammter Mist!). Er drehte das Motorrad um und fuhr etwa einen Kilometer zurück.

Während er die beiden ersten Polizeikontrollen gekannt hatte, war diese temporäre Straßensperre völlig unerwartet und lag äußerst ungünstig.

Er bog auf eine weitere unbefestigte Straße nach Westen ab und folgte ihr, bis sie eine kleine *kliniki* (Klinik) erreichten, in der ein Arzt die Grundversorgung der hier lebenden Maasai übernahm. Der Fahrer erklärte Mercy, dass es aufgrund der dicht stehenden Maasai-Siedlungen schwierig sei, unbemerkt durchzukommen. „*Tunapaswa kufanya kitu tofauti* (Wir müssen anders vorgehen)," sagte er und nickte in Richtung der Klinik.

Die beiden stiegen ab und taten so, als würden sie die Klinik interessiert besichtigen. Eine *mwanakliniki* (Krankenschwester) kam heraus und erklärte ihnen, dass der *daktari* (Arzt) gerade auf Hausbesuch sei und erst gegen Abend zurückerwartet würde. Mercy entgegnete, dass sie nur neugierig gewesen sei und sich nicht unwohl fühle. Die Krankenschwester warnte sie noch: „Haltet nicht mitten im offenen Feld an. *Fisi*, der Hyänenrüde, und seine Familie wurden gestern nahe dem Dorf gesehen." Obwohl Hyänen normalerweise keine Menschen angreifen, wusste man nie – sie galten als *werevu na wasioaminika* (listig und unberechenbar). Die beiden verabschiedeten sich von der Krankenschwester und setzten ihre Fahrt fort.

Nach wenigen hundert Metern bog die Straße links ab und führte direkt auf die Polizeikontrolle an der *A104* zu. Mercy zwang sich, einen klaren Kopf zu behalten. Sie konnte nicht riskieren, der Kontrolle zu nahe zu kommen, also stieg sie ab und schlug sich zu Fuß durch das karge Buschland, abseits der Sicht der Polizei, in Richtung Südwesten.

Das kleine, trockene Bachbett, das sich vor ihr erstreckte, versprach ein wenig Sichtschutz. Die rissige, bröckelnde Erde knirschte unter ihren *slippers* (Flip-Flops), die für eine solche Wanderung völlig ungeeignet waren. Mit jedem Schritt spürte sie, wie ihre Füße in den offenen Sand sanken, und der scharfe Schmerz der Steine drang durch die dünnen Sohlen.

Die Sonne stand gnadenlos hoch am Himmel, genau über ihr, und brannte auf sie herab, als wolle sie jeden Tropfen Energie aus ihr herausziehen. In der Nähe des Äquators war der Schatten fast nicht vorhanden; die Hitze schien wie eine unsichtbare Wand um sie herum zu pulsieren. Der Boden unter ihren Füßen war hart und staubtrocken, und der Staub klebte an ihrer Haut, drang in ihre Lungen und ließ sie schwer atmen. Die Luft war *nzito na ya kukatisha tamaa* (stickig und fast erstickend), und Mercy spürte, wie ihr Körper immer schwächer wurde. Ihr Mund fühlte sich trocken an wie Sand, und das Brennen in ihrer Kehle wurde immer unerträglicher. Sie hatte nichts zu trinken dabei, und der Durst machte ihre Gedanken träge, als würde jede Bewegung ein bisschen mehr Kraft aus ihr herauspressen.

Plötzlich spürte sie ein feuchtes Rinnsal an ihrer Lippe. Sie berührte ihr Gesicht und bemerkte erschrocken, dass sie aus einem Nasenloch blutete. Die Hitze, der Durst – ihr Körper begann zu rebellieren. Das Blut tropfte auf den staubigen Boden, und ein pochender Schmerz breitete sich langsam hinter ihren Schläfen aus, als ob ein *kishindo* (Schraubstock) ihren Kopf zusammendrückte. Sie atmete flach, fühlte, wie sich ihre Brust verengte, und versuchte, ihre Gedanken zu ordnen. Doch die Hitze machte es ihr unmöglich, klar zu denken.

Die Worte der Krankenschwester hallten in ihrem Kopf wider. Die Warnung vor *Fisi*, dem Hyänenrüden, der mit seinem Rudel in der Nähe gesichtet worden war, ließ ihren Herzschlag schneller werden. Jeder Schatten, jedes Rascheln der trockenen Büsche schien eine unsichtbare Bedrohung zu verbergen. Die Angst vor den Hyänen war noch intensiver als die vor der Polizei – wilde Tiere, die ohne Vorwarnung zuschlagen konnten. Die Vorstellung, in dieser weiten, menschenleeren Landschaft allein und ungeschützt auf ein *mnyama mwitu* (Raubtier) zu treffen, ließ ihr Herz bis zum Hals schlagen.

Plötzlich, hinter einer Biegung des Bachlaufs, erstarrte Mercy. Vor ihr lag eine dicke, träge Schlange, die sich in der Sonne streckte – die Puffotter, *„nyoka hatari"* (gefährliche Schlange), wie ihr Vater sie immer genannt hatte. Ihr breiter, schwerer Körper lag wie ein dunkles Band über dem hellen Boden, und ihre Schuppen schimmerten bedrohlich in der Sonne. Ihr Vater hatte sie vor diesem Tier gewarnt, *„Kiyonga"* hatte er sie auch genannt, immer mit einer leisen Dringlichkeit in seiner Stimme. „Wenn du sie siehst, *kimbia* (lauf weg)," hatte er ihr eingeschärft, seine Worte hallten jetzt in ihren Gedanken wider, eindringlich und klar.

Mercy hörte das warnende Flüstern ihres Vaters: „Wenn *Kiyonga* dich beißt, hilft kein Aussaugen, kein Aufschneiden. *Utakufa tu* (Du wirst einfach nur sterben)." Ohne zu zögern, drehte sie sich um und rannte. Ihr Herz raste, und der Adrenalinschub verdrängte für einen kurzen Moment die Erschöpfung. Sie kletterte aus dem Bachbett, machte einen weiten Bogen um die Stelle und kehrte schließlich zurück, als sie sicher war, dass die Schlange hinter ihr lag.

Doch die Begegnung hatte ihre letzte Sicherheit erschüttert. Jeder Schritt fühlte sich nun noch bedrohlicher an, und die Angst lastete schwer auf ihr. Die Hitze, der Durst, die Schlange und die unberechenbare Wildnis – alles schien sich gegen sie verschworen zu haben. Die Kopfschmerzen, das Brennen ihrer rissigen Lippen, das Pochen ihres verletzten Fußes – all das verschmolz zu einem einzigen, drückenden Schmerz, der an ihrer Kraft zehrte. Doch aufgeben war keine Option. Sie zwang sich, *endelea* (weiterzugehen).

Dann mündete der wasserlose Bach in einen ebenso trockenen, breiten Flusslauf. Mercy folgte dem Flussbett und war überrascht, nach kurzer Zeit den Motorradfahrer dort wiederzusehen. An dieser Stelle waren sie durch einen Erdwall gut vor den Blicken der entfernten Polizei geschützt. Sie warteten in sicherer Deckung, bis die Polizisten ein anderes Fahrzeug kontrollierten, und setzten dann ihre Fahrt fort. Ab hier war die Strecke frei, und Mercy war überrascht, wie schnell es nun voranging.

In Longido erhielt der Fahrer seinen verdienten Lohn, 12.000 tansanische Schilling, und setzte sie vor einem kleinen Laden mit dem schmeichelhaften Namen „Julias Supermarkt" ab. Es war kaum mehr als ein winziger *duka la kijijini* (Tante-Emma-Laden). Erschöpft gönnte sich Mercy etwas *mkate* (Brot) und Wasser. Dieser Tag hatte sie völlig ausgelaugt.

Doch die Gefahren waren noch nicht gänzlich überwunden. In Longido gab es eine Polizeistation und davor eine permanente Kontrollstelle. Mercy wusste, dass sie die *kituo cha polisi* (Polizeistation) in einem großen Bogen umgehen musste. Plötzlich sah sie in einiger Entfernung einige Personen am Wegrand stehen, die aufmerksam in ihre Richtung schauten. Die Warnungen kamen ihr in den Sinn: Einige Maasai verdienten sich mit Informationen an die Polizei ein kleines *bakshishi* (Trinkgeld). Ohne zu zögern bog sie ab, um der Gruppe auszuweichen. Doch prompt lösten sich zwei Personen aus der Gruppe und folgten ihr. Mercy beschleunigte ihre Schritte und versuchte, die beiden abzuschütteln. Sie bog zwischen zwei Häusern ab, schlich an einem *fensi* (Zaun) entlang und schlug Haken, bis sie selbst die Orientierung verlor.

Schließlich entdeckte sie ein kleines, verlassenes Haus – vier Wände, kein Dach, keine Tür. Sie schlüpfte hinein und setzte sich in eine Ecke, wo sie nicht gesehen werden konnte. Tatsächlich fanden ihre Verfolger sie nicht, und sie konnte dort die Nacht verbringen. Es war unbequem, aber in diesem Moment die sicherste Lösung.

Am nächsten Morgen orientierte sie sich. In der Ferne hörte sie Lastwagen über die Hauptstraße fahren – das musste die *A104* sein. Sie hielt sich südlich und stieß wieder auf einen der hier so häufigen kleinen, knochentrockenen Bachläufe. Trotz der Gefahr, erneut auf Tiere wie die gestrige Schlange zu treffen, zog sie es vor, im schützenden Bachbett zu bleiben, um den Blicken der Dorfbewohner zu entgehen. Am Ende des Dorfes bog sie in Richtung der Straße ab und erreichte eine Tankstelle. Nach einer Stunde des Wartens hielt schließlich ein *daladala* an, um aufzutanken. Sie zahlte den Fahrpreis von 15.000 Tansanischen Schilling bis Arusha und stieg ein. Angeblich würde es bis dorthin keine weiteren Kontrollen mehr geben.

Der *daladala* setzte sich ruckelnd in Bewegung. Der Fahrer schien zufrieden damit, dass er jeden möglichen Platz gefüllt hatte. Langsam rollte das überfüllte Fahrzeug über die A104, ächzte und knarrte unter der Last der Passagiere. Bei jeder *tuta* (Bodenwelle) schüttelte es heftig, und Mercy hielt sich fest. Die Fahrt zog sich endlos, da der Fahrer immer wieder anhielt, um weitere Passagiere aufzunehmen oder abzusetzen, laut mit Straßenhändlern und Passagieren feilschend.

Die Straße wurde unebener, je weiter sie die Stadt hinter sich ließen, und der Weg führte zunehmend über holprige Schotterpisten. Der *daladala* hüpfte über die unebenen Abschnitte, und Staubwolken wehten durch die offenen Fenster, legten sich auf die Haut und erschwerten das Atmen. Mercy hustete, während der Staub ihre Lungen füllte. Die anderen Passagiere hielten sich Tücher vor das Gesicht, doch sie blieb regungslos, versuchte, so unauffällig wie möglich zu wirken.

Plötzlich verlangsamte der Bus seine Fahrt. Mercy erkannte vor sich einen Polizeikontrollpunkt, einen *kituo cha ukaguzi* (Kontrollposten). Der Fahrer fluchte leise, während die Beamten sich dem Bus näherten und die Passagiere mit scharfen Blicken musterten. Mercys Herzschlag beschleunigte sich, und sie zwang sich, die Augen zu schließen, als wäre sie eingeschlafen. Mit dem Kopf ans Fenster gelehnt, lauschte sie den angespannten Stimmen der Polizisten, die mit dem Fahrer über Straßengebühren und Genehmigungen stritten. Mercy hielt die Luft an, ihr ganzer Körper angespannt, bereit, jederzeit zu fliehen.

Die Minuten zogen sich wie Stunden hin, doch schließlich gab der Fahrer den Polizisten einige zerknitterte Geldscheine, und sie ließen den Bus passieren. Erleichtert atmete Mercy auf, doch sie wusste, dass die Gefahr noch lange nicht vorbei war.

Die Fahrt setzte sich fort, und die Landschaft veränderte sich. Die trockenen Ebenen wurden allmählich grüner, und kleine Bauernhöfe tauchten am Straßenrand auf. Maasai-Hirten trieben ihre Rinder entlang der Straße, ihre roten *shukas* leuchteten in der Landschaft. Kinder winkten dem vorbeifahrenden Bus zu, und Mercy zwang sich, zurückzuwinken, um wie eine Einheimische zu wirken.

Je näher sie Arusha kamen, desto beeindruckender wurde die Landschaft. Der majestätische Mount Meru erhob sich am Horizont, sein Gipfel von *ukungu* (Nebel) umhüllt. Mercy starrte hinaus, ergriffen von Hoffnung und Furcht zugleich. Der Berg schien ein Symbol für die Herausforderungen, die vor ihr lagen – beeindruckend, aber auch eine Erinnerung an die Hindernisse, die sie noch überwinden musste.

Die anderen Passagiere lachten und sprachen aufgeregt über den Berg. Für manche war dies die Heimkehr, für andere der Beginn neuer Chancen. Für Mercy aber war die Straße voller *wasiwasi* (Unsicherheit). Jede Kurve, jeder Halt erinnerte sie daran, dass sie allein in einem fremden Land war, ohne Papiere, fast ohne Geld – nur getrieben von ihrem Willen und Mut.

Schließlich begann der *daladala* seinen Abstieg in die lebendigen Straßen von Arusha. Händler säumten die Straße und verkauften alles, von gegrillten *ndizi* (Bananen) bis zu Second-Hand-Kleidung, während Motorräder sich durch den Verkehr schlängelten. Die Stadt pulsierte vor Leben, voller Energie, aber auch überwältigend. Mercy wusste, dass sie es bis hierher geschafft hatte, doch der längste Teil ihrer Reise lag noch vor ihr.

Als der Bus an der Station hielt, sammelte Mercy ihren Mut, bereit, in diese neue Welt hinauszutreten. Jetzt war sie auf sich allein gestellt, und jede Entscheidung würde ihr Schicksal bestimmen. Fehler durfte sie sich keine leisten – *hakuna nafasi ya pili* (es gab keine zweite Chance). Mit einem letzten Blick auf den Mount Meru in der Ferne atmete sie tief durch, stieg aus dem Bus und bereitete sich auf das vor, was kommen würde.

IM SCHATTEN VON ARUSHA

Mercy stieg am Arusha Bus Stand aus, dem zentralen *stendi* (Busbahnhof) der Stadt. Sofort spürte sie das Leben, das in jeder Ecke dieses Ortes pulsierte. Der Busbahnhof war ein einziges Gewimmel von Menschen: *wasafiri* (Reisende), die in alle Richtungen eilten, *wafanyabiashara* (Händler), die lautstark ihre Waren anboten, und *watoto wa mtaani* (Straßenkinder), die flink durch die Menge huschten, stets auf der Suche nach einer Gelegenheit, ein paar Münzen zu ergattern. Arusha war groß, laut und fremd, anders als die kleinen Städte, die sie bisher auf ihrer Reise passiert hatte. Hier wirkte alles lebendig und zugleich einschüchternd, eine Stadt, die niemals stillzustehen schien.

In der Nähe reihte sich ein Restaurant ans nächste – chinesische Lokale mit dampfenden Woks im Schaufenster, italienische Restaurants, in denen sich *watalii* (Touristen) Pasta und Wein schmecken ließen, und sogar amerikanisches Fast Food mit dem großen leuchtenden PizzaHut-Schild, das weit über den Platz strahlte. Die Mischung war überwältigend, ein Schmelztiegel der Kulturen, eine internationale Stadt, aber für Mercy unerreichbar. Für sie war diese Pracht nur ein ferner *ndoto* (Traum), ein Luxus, den sie sich nicht leisten konnte.

An den Straßenständen sah es anders aus. Hier boten Einheimische ihre typischen Speisen an: dampfende Pfannen mit *chipsi mayai*, einem herzhaften Omelett mit Pommes, das in Tansania ein beliebter Imbiss ist, oder *mtori*, ein dickes Bananen- und Fleischgericht. Der Duft von Öl und gebratenen Kartoffeln lag schwer in der Luft und ließ Mercys Magen knurren. Sie hatte seit Stunden nichts gegessen und spürte das leere, nagende Gefühl in ihrem Bauch, das sie jedoch kaum beachten konnte. Doch ohne die notwendigen 2,000 Tansanische Schilling waren diese *vitamu* (Köstlichkeiten) für sie ebenso unerreichbar wie die Restaurants.

Sie nahm sich einen Moment, um sich zu orientieren. Die Vielzahl an Menschen, die geschäftige Atmosphäre und das ständige Dröhnen von Stimmen und Verkehr um sie herum überforderten sie. Für einen Augenblick schloss sie die Augen, atmete tief ein und spürte die hektische Energie der Stadt, die sie in ihren Bann zog und zugleich an ihre Grenzen brachte. Solange sie sich unauffällig verhielt, würde sie hier niemand kontrollieren. Hier in Arusha wusste niemand, wer sie war oder was sie durchgemacht hatte, und das machte sie zugleich *dhaifu* (verletzlich) und frei.

Langsam öffnete sie die Augen und sah sich um. Sie wusste, dass sie einen Weg finden musste, um durchzukommen – und sei es erst einmal nur für die nächste Nacht.

Mercy wusste, dass sie dringend etwas zu essen und einen Platz zum Schlafen brauchte. Hungrig und durstig streifte sie durch die Straßen von Arusha, die für sie noch immer ein Labyrinth aus Geräuschen, Gerüchen und Menschen waren. Ihre Augen wanderten von einem Stand zum nächsten, während sie die Einheimischen beobachtete, die ihrer täglichen Routine nachgingen. Männer und Frauen kauften eilig ein, plauderten, lachten oder verhandelten, als wären sie ganz in ihrer vertrauten Welt versunken – eine Welt, die Mercy im Moment wie ein Fremdkörper vorkam.

Ihr Blick fiel auf einen Stand, an dem eine ältere Frau *mandazi* und *chapati* verkaufte. Die goldbraunen, noch dampfenden *mandazi* leuchteten verlockend in der Nachmittagssonne, und der Duft von frittiertem Teig und warmem *chapati* weckte in Mercy das unstillbare Verlangen nach einem Bissen. Sie blieb stehen, ihre Augen klebten förmlich an dem Essen, und für einen Moment stellte sie sich vor, wie es wäre, ein *mandazi* zu kaufen, das warme, süße Gebäck in den Händen zu halten und den knusprigen Bissen zu spüren. Ihr Magen knurrte laut, und sie fühlte die Hitze in ihrem Gesicht aufsteigen, als sie daran dachte, wie offensichtlich ihr Hunger war.

Die Verkäuferin hinter dem Stand bemerkte ihren Blick und lächelte ihr freundlich zu, einladend, als würde sie sagen: „Karibu, hol dir einen Happen." Doch Mercy wusste, dass sie kein Geld hatte. Das freundliche Lächeln der Verkäuferin tat ihr fast weh, und sie senkte schnell den Blick, um den Schmerz des Hungers und die Scham, nichts kaufen zu können, zu verbergen.

Widerwillig drehte sie sich um und ging weiter, obwohl der Duft des Essens ihr noch eine Weile nachhing. In diesem Moment fühlte sie die ganze Härte ihrer Situation, das Gewicht des Nichts-haben-Könnens in einer fremden Stadt, in der sie sich unsichtbar und bedeutungslos vorkam. Sie wusste, dass sie eine Lösung finden musste, und sei es nur, um diesen Tag zu überstehen.

Nach einer Weile entdeckte Mercy ein kleines, bescheidenes Restaurant am Rande einer belebten Straße. Das Gebäude war schlicht, die Wände mit verblassten Farben gestrichen und das Dach mit Wellblech abgedeckt. Von drinnen drang der Duft nach gekochten Bohnen, Gewürzen und frisch gebratenem Fleisch in die Luft. Das Restaurant wirkte nicht wie die noblen Cafés oder Fast-Food-Ketten in der Nähe, sondern eher wie ein Ort, den sich einfache Leute leisten konnten – ein Ort, in dem sie vielleicht eine Chance hätte.

Mit klopfendem Herzen wagte sie sich ins Innere und trat an die Theke. Hinter ihr stand eine ältere, kräftige Frau mit einem Kopftuch, die Gäste bediente und zwischendurch Anweisungen an die Mitarbeiter in der Küche rief. Es war offensichtlich, dass sie die Besitzerin war und alles im Blick hatte. Mercy beobachtete sie eine Weile, fasste dann all ihren Mut zusammen und trat an sie heran.

„Entschuldigung, *Mama*," begann sie leise, doch fest. „Ich bin neu hier und habe keine Unterkunft und nichts zu essen. Ich... ich suche Arbeit und wollte fragen, ob ich Ihnen helfen könnte – vielleicht als Küchenhilfe? Ich bin fleißig und lerne schnell."

Die Frau, die sich als Mama Amani vorstellte, sah Mercy aufmerksam an und musterte sie von Kopf bis Fuß. Es lag Skepsis in ihrem Blick, aber auch ein gewisses Mitgefühl, das sie offenbar versuchte zu verbergen. „Arusha ist kein guter Ort für jemanden ohne Geld oder Papiere," sagte sie schließlich und schüttelte leicht den Kopf. „Warum sollte ich dir vertrauen? Es kommen viele hierher, die Arbeit suchen, und am Ende verschwinden sie einfach."

Mercy sah ihr fest in die Augen und erklärte ihre Situation so ehrlich, wie sie konnte, ohne zu viele Details preiszugeben. Sie erzählte von ihrem Bedürfnis nach einer neuen Chance und wie dankbar sie wäre, wenn sie diese hier bekommen könnte. Mama Amani schnaubte leise und wirkte kurz unsicher, bevor sie schließlich mit einem resignierten Nicken antwortete.

„Nun gut," sagte sie schließlich, ihre Stimme ein wenig milder. „Ich kann dir einen Job als Küchenhilfe anbieten. Die Bezahlung ist schlecht, aber Essen und eine Matratze im Lagerraum gibt es dazu. Die Arbeit ist hart, und ich erwarte, dass du pünktlich bist und keine Probleme machst. Verstanden?"

„*Asante sana (danke sehr)*, *Mama*," antwortete Mercy eifrig, und ein Gefühl der Erleichterung durchströmte sie. Es war zwar nur ein kleiner Anfang, aber es war ihre erste Chance, hier in Arusha Fuß zu fassen und sich über Wasser zu halten. Das einfache Restaurant, in dem sie nun arbeitete, bot verschiedene typisch tansanische Gerichte an, die Mercy nur zum Teil kannte.

Die Speisekarte spiegelte die regionale Küche wider und brachte Mercy auch die Geschmäcker Tansanias näher:

Ugali, das in Tansania ebenso beliebt ist wie in Kenia, wurde hier oft mit *mchicha* serviert, einer Art Spinat, der in dieser Region wächst. *Mchicha* ähnelt dem kenianischen *skuma wiki*, ist jedoch weicher und milder im Geschmack. Mercy dachte bei sich, wie vertraut und doch fremd die *mchicha* war – fast wie sie selbst in dieser Stadt.

Reis (*wali*) mit Bohnen (*maharage*) ist ein einfaches und nahrhaftes Gericht, das in vielen tansanischen Haushalten häufig serviert wird. Die Bohnen werden oft in einer würzigen Kokossauce zubereitet und sind besonders sättigend. "*Hii ni chakula cha nyumbani kabisa*," (Das ist ein echtes Hausmannsgericht) dachte Mercy, während der Duft der Kokossauce für sie neu und fremd war.

Ndizi na Nyama kombiniert Kochbananen mit Fleisch und wird mit Zwiebeln, Tomaten und Gewürzen gekocht. Der leicht süßliche Geschmack der Bananen harmoniert überraschend gut mit den herzhaften Aromen. Mercy fragte sich, wie viele Arten es wohl gab, *ndizi* zuzubereiten, und stellte sich das Lächeln ihrer Mutter vor, die dieses Gericht bei seltenen Anlässen gekocht hatte.

Ein schnelles und beliebtes Gericht, eine Art Omelett mit Pommes, das häufig als Streetfood serviert wird. Es ist unkompliziert und wird sowohl in kleinen Restaurants als auch an Straßenständen angeboten. "*Chipsi mayai*," dachte sie schmunzelnd. "Das gibt es überall."

In der Region um den Kilimandscharo ist *mtori* ein typisches Gericht. Es besteht aus zerkleinerten Kochbananen, die zu einer Art Brei gekocht werden und oft mit Fleisch serviert werden – herzhaft und sättigend. Sie hatte *mtori* nie zuvor probiert, aber allein der Duft ließ ihr das Wasser im Mund zusammenlaufen.

Während sie die Gerichte kennenlernte, gewann Mercy nicht nur einen Einblick in die kulinarische Kultur Tansanias, sondern auch das Gefühl, dass sie hier in Arusha vielleicht tatsächlich eine kleine, sichere Zuflucht gefunden hatte – zumindest für den Moment. Es fühlte sich für sie fast wie *nyumbani* (Zuhause) an, ein Ort, an dem sie für eine Weile zu sich selbst finden konnte.

Schon am ersten Tag wurde Mercy klar, dass die Arbeit im Restaurant alles andere als leicht sein würde. Die Tage waren lang, die Schichten hart, und Mama Amani nahm es mit den Pausen nicht allzu genau. Sie half beim Schneiden von Gemüse, wusch Berge von Geschirr und war ständig damit beschäftigt, dem Koch zur Hand zu gehen, wenn es besonders hektisch wurde. Immer wieder rief Mama Amani laut nach ihr und erwartete, dass sie schneller arbeitete, als sie es sich je zugetraut hätte.

Doch trotz der Strapazen fand Mercy auch Trost in dieser Arbeit. Sie bekam regelmäßige Mahlzeiten, und das einfache Essen – *wali na maharage* (Reis mit Bohnen), ein Stück gegrilltes Fleisch oder eine Schale *mtori* (Kochbananenbrei mit Fleisch) – gab ihr neue Kraft. Nach den langen Stunden konnte sie sich in eine Ecke des Lagerraums legen, wo Mama Amani ihr eine alte Matratze hingestellt hatte. Es war kein Luxus, aber für Mercy war es ein kleines Stück *usalama* (Sicherheit).

In den folgenden Tagen begann Mercy, die Stadt und die Menschen um sie herum besser zu verstehen. Sie lernte einige der Stammkunden kennen, lauschte den Gesprächen und bekam ein Gespür dafür, wie das Leben hier funktionierte. Arusha war voll von Menschen mit ihren eigenen Geschichten, ihren eigenen Kämpfen und Träumen. Manche Gäste erzählten ihr von ihren Familien, ihrer Arbeit oder von Plänen, die sie schmiedeten. Andere schauten sie nur kurz an, nickten freundlich und gingen weiter.

Obwohl Mercy wusste, dass ihre Situation jederzeit kippen konnte, begann sie allmählich, sich ein kleines Stück *nyumbani* (Zuhause) zu fühlen. Sie hatte sich eine kleine Nische geschaffen und wusste, dass sie mit harter Arbeit und Entschlossenheit vielleicht einen Weg finden würde, weiterzukommen – auch wenn sie nicht wusste, wohin dieser Weg sie führen würde.

Mercy bemerkte schnell, dass ihre neuen Kollegen im Restaurant ihr gegenüber eher zurückhaltend waren. Sie fühlte sich oft wie eine *mgeni* (Fremde), die argwöhnisch beäugt wurde. Einige der älteren Mitarbeiter schienen sie regelrecht zu ignorieren, gingen ihrer Arbeit nach, ohne sie eines Blickes zu würdigen. Die jüngeren hingegen warfen ihr immer wieder neugierige Blicke zu, doch keiner traute sich, ein Gespräch zu beginnen. Sie spürte das Misstrauen, das in der Luft lag, und wusste, dass sie sich erst beweisen musste, bevor man sie als Teil des Teams akzeptieren würde.

Am Ende eines besonders anstrengenden Tages, als sie gerade das Geschirr in der Küche stapelte und kaum noch stehen konnte, trat eine junge Kollegin an sie heran. Sie hatte sanfte Augen und eine einladende Ausstrahlung, die Mercy sofort das Gefühl gab, dass hier vielleicht doch eine freundliche Seele zu finden war.

„Ich bin Neema," stellte sie sich mit einem schüchternen Lächeln vor und hielt ihr ein warmes, frisch zubereitetes *chapati* (flaches Brot) hin. „Du siehst müde aus. Hier, iss das. Du brauchst etwas *nguvu* (Energie)."

Mercy war überrascht und berührt zugleich. Sie hatte nicht erwartet, dass jemand ihr solch eine kleine, aber bedeutungsvolle Geste der Freundlichkeit entgegenbringen würde. Dankbar nahm sie das *chapati* entgegen und biss vorsichtig hinein. Der Geschmack war einfach, aber nach dem langen Arbeitstag schmeckte es köstlich und gab ihr einen Moment der Erleichterung.

„*Asante*, Neema," (Danke, Neema) sagte Mercy leise und lächelte zurück. Es war das erste echte Lächeln, das sie an diesem Tag fühlte.

Neema zuckte mit den Schultern, als wäre es das Normalste der Welt. „Wir alle haben mal schwer angefangen," sagte sie, ein Hauch von Mitgefühl in ihrer Stimme. „Ich weiß, dass es nicht einfach ist, hier neu zu starten. Aber wenn du hart arbeitest, wirst du es schaffen."

Mercy nickte, und in diesem Moment fühlte sie eine leichte Wärme in ihrer Brust. In einer fremden Stadt, ohne Familie, ohne Freunde, war diese kleine Geste wie ein Lichtblick. Sie wusste nicht, wohin der Weg sie führen würde, aber sie hatte zumindest eine Person gefunden, die bereit war, ihr ein wenig Freundlichkeit zu schenken.

Neema und Mercy wechselten an den folgenden Tagen gelegentlich ein paar Worte, oft nur kurze Bemerkungen, die kaum mehr als ein paar Sekunden dauerten. Doch jede kleine Unterhaltung, jedes Lächeln half Mercy, sich ein kleines bisschen weniger fremd zu fühlen. Es war noch ein langer Weg, aber mit Neemas Unterstützung fühlte sie sich nicht mehr ganz so allein.

Als Mercy in ihren Arbeitspausen durch die belebten Straßen und Gassen blickte, fühlte sie sich wie ein unsichtbarer Beobachter. Die Stadt war wie eine bunte Leinwand, auf der die Gesichter und Geschichten der Menschen wie flüchtige Pinselstriche an ihr vorbeizogen. Sie sah Massai-Krieger in ihren leuchtend roten *shukas* (traditionelle Massai-Kleidung), die in stolzer Haltung durch die Straßen gingen und den Kontrast zu den Einheimischen in moderner Kleidung bildeten. Es war faszinierend, wie diese unterschiedlichen Welten hier auf so engem Raum koexistierten.

In einer Ecke des Marktes wurde Mercy Zeugin eines hitzigen Streits. Ein Händler schimpfte lautstark mit einem Kunden, wild gestikulierend, während die Menschen um sie herum interessiert zusahen. Die Worte flogen hin und her, und die Spannung war beinahe greifbar. Doch ebenso schnell, wie der Streit entflammt war, legte er sich auch wieder. Das Leben in Arusha schien oft so zu sein: laut, direkt und intensiv, aber immer auf eine Art und Weise, die zum Puls der Stadt passte.

Zwischen den Gesprächen der Menschen hörte Mercy immer wieder Geschichten über die *watalii* (Touristen), die die Stadt als Zwischenstopp nutzten, bevor sie ihre Reise zum majestätischen Kilimandscharo fortsetzten. Der Berg war für viele ein Traum, ein Ziel, das Abenteuer und Freiheit versprach. Für die Einheimischen hingegen war dieser Hauch von Freiheit und Luxus oft unvorstellbar fern. Die *watalii* gingen ein und aus, ließen ihr Geld in den teuren Hotels und Restaurants und brachten ein Stück der großen weiten Welt mit sich – eine Welt, von der Mercy nur träumen konnte.

Manchmal, in seltenen ruhigen Momenten, stellte Mercy sich vor, wie es wäre, die Straßen von Arusha ohne Sorgen und Ängste entlangzugehen. Einfach zu schlendern, ohne das ständige Gefühl der Bedrohung im Nacken. Die Freiheit, die sie sich so sehnlich wünschte, war für sie nicht nur das Fehlen von Fesseln, sondern auch das unschätzbare Privileg, sich in dieser Stadt, die sie zunehmend faszinierte, frei bewegen zu können. Sie träumte davon, das Treiben der Märkte ungestört zu genießen, den Duft von frisch gebratenen *mandazi* (frittierte Teigbällchen) tief einzuatmen und ohne Hast an den Ständen vorbeizugehen, vielleicht sogar eine kleine Unterhaltung zu führen, ohne ständig *kuwa na hofu* (Angst haben) zu müssen.

Doch für Mercy war das alles nur ein Traum. Die Wirklichkeit blieb eine endlose *kukimbia* (Flucht), und jeder Moment der Unachtsamkeit konnte für sie das Ende bedeuten. In den Gesichtern der Menschen, die an ihr vorbeizogen, sah sie die *uhuru* (Freiheit), die sie sich so sehr wünschte – und die sie mit jeder Faser ihres Wesens begehrte. Arusha war voller Leben und Möglichkeiten, aber für Mercy war es auch ein Ort voller Fallen und Gefahren. Und doch konnte sie den Gedanken nicht abschütteln, dass vielleicht, eines Tages, dieser Traum Wirklichkeit werden könnte.

Jeder Tag in Arusha war für Mercy ein Balanceakt auf dünnem Eis. Die ständige Angst vor einer möglichen Kontrolle durch die Polizei oder unerwarteten, neugierigen Fragen hing wie ein dunkler Schatten über ihr. Sie wusste, dass sie nicht wie die *wenyeji* (Einheimischen) wirkte. Ihre Kleidung – die wenigen Sachen, die sie auf der Flucht mit sich getragen hatte – und die leichte Betonung in ihrer Stimme machten sie erkennbar anders. Es waren Details, die den meisten Menschen entgehen mochten, aber in einer Stadt wie Arusha, in der viele auf der Suche nach Fremden und Außenseitern waren, fiel jede Kleinigkeit auf. Mercy musste sich anpassen, *kutulia* (unauffällig bleiben) und jede Geste, jedes Wort mit Bedacht wählen, um nicht aus dem Rahmen zu fallen.

Oft beobachtete sie die *wenyeji* um sich herum, versuchte, ihre Mimik, ihre Gesten und ihre Art zu sprechen nachzuahmen. Sie achtete darauf, wie die Frauen hier ihre Kleidung trugen, wie sie sich bewegten und miteinander redeten, und passte sich an, so gut sie konnte. Doch das Gefühl, nicht ganz dazuzugehören, war wie ein ständiger Begleiter, eine leise Stimme in ihrem Kopf, die ihr immer wieder ins Bewusstsein rief, wie verletzlich sie war. Selbst in der Hektik der Küche, in der es ständig dampfte und brodelte, behielt sie im Augenwinkel ihre Umgebung im Blick, immer auf der Hut vor jeder Bewegung, die verdächtig sein könnte.

Die ständige Anspannung und Unsicherheit nagten an ihr. Die harte Arbeit in Mama Amanis kleinem Restaurant forderte ihren Tribut, und Mercy merkte, wie sie jeden Abend erschöpfter war. Der Druck, *kuwa kama kivuli* (wie ein Schatten zu sein) und gleichzeitig durch die anstrengende Arbeit durchzukommen, zermürbte sie. Ihre Hände waren vom Spülen und Zerkleinern von Gemüse aufgeraut, und ihre Muskeln schmerzten von den langen Stunden, die sie im Stehen verbrachte. Jeder Abend endete mit einer bleiernen Müdigkeit, die sie wie ein schwerer Schleier überkam.

Doch trotz der Erschöpfung war Schlaf nicht immer eine Erlösung. Nachts, wenn sie sich auf die schmale, unbequeme Matratze legte, ließ die Anspannung sie oft nicht los. In Gedanken ging sie immer wieder den vergangenen Tag durch, fragte sich, ob sie sich irgendwo verdächtig verhalten haben könnte, ob jemand ihre Herkunft bemerkt hatte. Sie spürte, wie die Sorgen sich wie eine Last auf ihre Schultern legten, die mit jedem Tag schwerer wurde. Und doch wusste sie, dass sie keine andere Wahl hatte – sie musste weitermachen, musste *kutokutambulika* (unauffällig bleiben) und ihre Rolle perfekt spielen. Es war ein täglicher Kampf, um nicht aufzufallen und irgendwie durchzukommen in dieser fremden Stadt, die zugleich Hoffnung und Bedrohung für sie bedeutete.

In seltenen Momenten der Ruhe fragte sie sich, wie lange sie diese Fassade noch aufrechterhalten könnte. Aber jedes Mal, wenn der Zweifel in ihr aufstieg, straffte sie die Schultern, schüttelte die Müdigkeit ab und zwang sich, weiterzumachen. *Kukata tamaa* (aufgeben) war keine Option. Arusha mochte gefährlich und fremd sein, aber für Mercy war es auch die einzige Chance, die sie noch hatte.

Inmitten der ständigen Angst und Erschöpfung fand Mercy auch kleine Lichtblicke, für die sie unendlich dankbar war. Sie hatte ein Dach über dem Kopf – ein einfaches Bett und eine sichere Ecke, die sie nachts vor der Unsicherheit der Straße schützten. Das winzige Zimmer, das Mama Amani ihr zur Verfügung gestellt hatte, war schlicht und karg, mit nichts als einer Matratze, die schon bessere Tage gesehen hatte, und einem wackeligen Tisch. Doch es war ihr *kimbilio* (Zufluchtsort), ein winziger Raum, der ihr, so fern von zu Hause, das Gefühl eines Ankommens gab.

Mit der Zeit begann sie, sich ein kleines Stück Zuhause in Arusha zu schaffen. Jeden Abend, wenn sie erschöpft von der langen Schicht in die winzige Kammer zurückkehrte, empfand sie für einen Moment Ruhe. Sie lernte, die kleinen Freuden des Alltags zu schätzen – die Wärme, die sie empfing, wenn sie abends ins Bett sank, und das leise Murmeln der Stadt, das von draußen hereindrang. Der Geruch des Essens, das sie tagsüber zubereitet hatte – schlichte Gerichte wie Ugali, Reis und Chapati, die sie ihren Kunden und Kollegen servierte – blieb in ihren Kleidern und erinnerte sie daran, dass sie, zumindest für den Moment, hier einen Platz gefunden hatte. Jedes Lächeln, das sie für ihre Arbeit erhielt, und jede Mahlzeit, die sie mit anderen teilte, fühlte sich wie ein kleiner Sieg an, eine Bestätigung, dass sie trotz aller Widrigkeiten weiterkämpfte.

Mercy ließ sich allabendlich erschöpft auf die dünne Matratze im Lagerraum sinken und atmete tief durch. Es war einfach, karg und fern von allem, was sie sich je als Schlafplatz erhofft hatte – aber es war ein Ort der *utulivu* (Ruhe). Die Möglichkeit, hier eine Nacht ohne Angst vor Entdeckung zu verbringen, gab ihr das erste Mal seit Tagen ein Gefühl von *usalama* (Sicherheit).

Eine Dusche gab es hier nicht, doch Mama Amani hatte ihr erlaubt, sich spät abends, wenn alle anderen gegangen waren, mit einem Lappen und einer Schüssel Wasser zu waschen. Es war kein Luxus, aber Mercy schätzte diese kleine Geste der **huruma** (Fürsorge). Als sie den feuchten Lappen über Gesicht und Arme strich, spürte sie, wie der Staub und der Schweiß des Tages langsam von ihr abfielen. Das kühle Wasser erfrischte sie, und für einen kurzen Moment konnte sie die Last ihrer Reise ablegen.

Sie wusch sich so gut sie konnte, kämpfte gegen die Müdigkeit an, die sich in ihre Glieder geschlichen hatte. Als sie sich schließlich in die kratzige Decke auf ihrer Matratze wickelte, fühlte sie sich ein wenig *msafi* (sauberer), ein wenig menschlicher. Es war eine einfache, fast demütige Art der Erleichterung, aber in dieser Nacht war es alles, was sie brauchte, um den nächsten Tag durchzustehen.

Diese kleinen Freuden stärkten sie, gaben ihr die Kraft, den nächsten Schritt zu planen. Trotz der Strapazen schöpfte sie aus diesen Momenten eine neue *tumaini* (Hoffnung), die ihr half, über die gegenwärtigen Schwierigkeiten hinauszusehen. In ihren ruhigen Augenblicken, wenn der Tag zu Ende ging und sie allein war, ließ sie ihre Gedanken schweifen – nach vorne, in die Zukunft, auf den nächsten Schritt ihres Weges. Vielleicht würde sie irgendwann einen Weg finden, die *uhuru* (Freiheit) zu erreichen, die sie sich erträumte. Und bis dahin hielt sie an diesen kleinen

Momenten fest, die wie Anker inmitten des Sturms waren, der ihr Leben geworden war.

Arusha war nicht ihre Heimat, doch Mercy wusste, dass sie in dieser Stadt etwas entdeckt hatte, das sie lange verloren geglaubt hatte: die Fähigkeit, inmitten des Chaos neue Stärke zu finden.

Mercy hatte sich an das Leben in Mama Amanis Restaurant gewöhnt, trotz der harten Arbeit und der ständigen Angst, entdeckt zu werden. Doch in den letzten Tagen hatte ein junger Kollege, Hamza, begonnen, ihr immer wieder *mapenzi* (Avancen) zu machen. Hamza war charmant und selbstsicher, mit einem verschmitzten Lächeln und einem scheinbar unerschöpflichen Vorrat an Komplimenten. Doch Mercy hatte kein Interesse – sie war vorsichtig und wollte keine Aufmerksamkeit auf sich ziehen. Zudem war sie zu erschöpft, um sich mit solchen Dingen auseinanderzusetzen. Ihre oberste Priorität war es, *kutokutambulika* (unauffällig zu bleiben) und ihre Flucht nach Nduta zu planen.

Hamza jedoch ließ nicht locker. Er versuchte während der Arbeit immer wieder, mit Mercy zu flirten, ihr zuzuzwinkern oder zufällige Berührungen einzubauen. „Hamza, ich muss arbeiten," wies sie ihn höflich zurück, doch ihre Zurückhaltung schien ihn nur noch mehr anzuspornen. Schließlich bemerkte Mama Amani, wie er Mercy bedrängte, und fuhr ihn scharf an: „Hamza, lass das *msichana* (Mädchen) in Ruhe! Wenn du nichts Besseres zu tun hast, fege den Boden!"

Hamza verschwand daraufhin für eine Weile, doch Mercy fühlte sich unbehaglich. Sie spürte seinen *hasira* (Groll) in jeder Geste, in jedem Blick. Er war es nicht gewohnt, abgewiesen zu werden, und sie ahnte, dass er es nicht einfach hinnehmen würde.

Später, nach Feierabend, während Mercy sich im kleinen Lagerraum auf ihre Matratze legte und ihre Augen für einen Moment schloss, hörte sie plötzlich Schritte. Hamza trat leise ein und schloss die Tür hinter sich. Mit einem selbstzufriedenen Lächeln kam er näher und wollte sich zu ihr legen. Mercy setzte sich auf und sagte ruhig, aber bestimmt: „Hamza, *enda tafadhali* (geh bitte)."

Er ignorierte ihre Bitte und begann stattdessen, sich neben sie auf die Matratze zu setzen. „Komm schon, Mercy. Du musst dich nicht zieren," flüsterte er, sein Tonfall plötzlich eindringlicher. Sie wich zurück und wiederholte ihre Bitte, diesmal schärfer: „Hamza, das hier ist mein

Schlafplatz. *Enda tafadhali."* Doch Hamza lachte nur leise und beugte sich näher zu ihr, seine Hände suchten nach ihren Armen, versuchten sie festzuhalten. Mercy fühlte die Panik in ihr aufsteigen und riss sich los. *„Hapana, Hamza!* (Nein, Hamza!) Geh raus!" Ihre Stimme bebte vor Entschlossenheit, doch Hamza ließ nicht locker. Als er sie mit seiner körperlichen Überlegenheit überwältigen wollte, wehrte sich Mercy rabiat. Sie kratzte, schlug und trat, so fest sie konnte. In der Rangelei stürzten beide zu Boden, und schließlich, mit ein paar blauen Flecken und Schürfwunden, rannte Hamza fluchend hinaus. Er hatte ihre Kraft und Entschlossenheit offenbar unterschätzt.

Am nächsten Morgen erzählte Mercy Mama Amani, was passiert war. Die ältere Frau hörte aufmerksam zu und bot Mercy zunächst *msaada* (Rückhalt). Doch wenig später, als die erste Wut verflogen war, kam Mama Amani erneut zu ihr. Ihre Gesichtszüge waren besorgt und angespannt. „Mercy," begann sie leise, „Hamza ist wütend. Er hat die Polizei informiert, dass hier jemand ohne *hati* (Papiere) arbeitet."

Mercys Herz sank. Sie spürte die Gefahr, die in den Worten der Frau mitschwang. Mama Amani reichte ihr ein kleines Bündel Geldscheine, ihre Augen voller Sorge. „Hier, nimm das. Es ist nicht viel, aber es sollte für einen Bus reichen. Du musst sofort verschwinden."

Mercy nahm das Geld und nickte, ihre Stimme stockte vor Dankbarkeit und Angst. *„Asante, Mama Amani."* (Danke, Mama Amani.) Der Abschied war kurz, schwer, aber notwendig. Mercy schlüpfte durch die Hintertür des Restaurants und verschwand in den Straßen von Arusha. Wieder auf sich allein gestellt, wusste sie, dass sie nur eine Richtung hatte – weg von hier.

Mit dem Geld von Mama Amani suchte sie nach einem Bus, der sie bis zum Nduta Camp bringen könnte. Doch es gab keinen direkten Bus dorthin. Die Fahrkartenverkäuferin sagte ihr, dass sie lediglich bis Babati fahren könne und sich von dort einen Anschluss suchen müsse.

So stieg Mercy schließlich in den Bus nach Babati, der Motor heulte auf, und mit einem letzten Blick auf die Stadt, die ihr sowohl Schutz als auch Gefahr gebracht hatte, begann sie ihre Fahrt ins Ungewisse.

DIE FAHRT NACH BABATI

Der große Bus war voll besetzt, aber nicht so überfüllt wie die kleinen *daladalas* (Minibusse), mit denen Mercy zuvor gefahren war. Hier saßen die Passagiere in Zweierreihen nebeneinander, und der Innenraum bot etwas mehr Platz und Komfort.

Mercy blickte durch die großen Fenster auf das geschäftige Treiben draußen. Plötzlich hörte sie eine Stimme neben sich: *„Je, kuna mtu yeyote anayeketi hapa?"* („Ist hier noch frei?") Mercy drehte sich überrascht um. Eine weiße Frau stand neben ihrem Sitz und sprach fließend *Swahili*. Es war selten, eine *mzungu* (weiße Person) zu treffen, die die lokale Sprache so selbstverständlich verwendete.

Mercy nickte leicht und lächelte verlegen. Die Frau setzte sich und stellte sich mit einem freundlichen Lächeln vor: „Ja, ich heiße Wairaqw Weupe. Mit diesem Namen darf ich dann doch wohl *Swahili* sprechen können, oder?" Sie zwinkerte dabei leicht. Mercy konnte sich nicht erinnern, jemals eine weiße Frau getroffen zu haben, die so tief in die einheimische Kultur eingetaucht war.

Mercy war dankbar für die kurze Atempause in der Reise, die ihr ein wenig Ruhe versprach. Sie ließ ihren Blick durch das Fenster schweifen, während die Landschaft vorbeizog – endlose *savanna* (Savannen), die sich bis zum Horizont erstreckten, die sanften Hügel, die sich in der Ferne abzeichneten.

Während der Fahrt tauschten die beiden einige belanglose Worte aus. Sie sprachen über die vorbeiziehende Landschaft, die trockenen Savannen und den Abstieg in das *Rift Valley* (Großer Afrikanischer Grabenbruch), wo Babati in einer Senke an einem abflusslosen See lag. Die Busfahrt führte über staubige Straßen, an denen hin und wieder ausgetrocknete *mito* (Flussbetten) auftauchten. Die Flüsse führten nur während der Regenzeiten im Mai und Oktober Wasser, erklärte Wairaqw Weupe. Die meiste Zeit des Jahres herrschte hier Trockenheit, und die weiten Ebenen waren nur von spärlichem, trockenem Gras und vereinzelten Sträuchern bedeckt. Es war ein hartes, karges Land, doch für Mercy hatte es einen eigenwilligen Reiz.

Hinter Makuyuni musste der Bus minutenlang warten, weil eine große Herde *nyumbu* (Gnus) und *punda milia* (Zebras) mit einigen begleitenden *swala* (Gazellen) die Straße kreuzten. Das waren die Bilder, für die die *watalii* (Touristen) die weite Reise hierher machten. Nur stand Mercy gerade der Sinn so gar nicht danach.

Ein plötzlicher Reifenplatzer führte zu einem ungeplanten Stopp auf der Höhe des Lake Burungi. Das brachte für die Reisenden eine kurze Unterbrechung, die Mercy zunächst verunsicherte. Doch die Stimmung blieb entspannt – der Bus rollte einfach aus und kam ruhig am Straßenrand zum Stehen. Es war keine dramatische Situation, doch der geplatzte Reifen bedeutete eine unfreiwillige Pause. Ein Blick auf die anderen, abgefahrenen, schon fast profillosen Reifen ließ es als ein Wunder erscheinen, dass nicht längst mehr passiert war.

Während einige Passagiere halfen, das große, schwere Rad zu wechseln, zogen sich Mercy und Wairaq Weupe etwas abseits zurück und suchten unter einer schattenspendenden *mkwaju* (Akazie) Schutz vor der brennenden Sonne.

Im kühlen Schatten begann Wairaq Weupe, Mercy von der Umgebung zu erzählen. Sie sprach mit einer Begeisterung und einem Wissen, das Mercy überraschte – es war eine eigenartige, aber faszinierende Erfahrung, einer *Mzungu* (Europäerin) zuzuhören, die ihr ostafrikanisches Land erklärte. Wairaq Weupe erzählte von der geologischen Geschichte des *Rift Valley* (Großer Afrikanischer Grabenbruch), das vor Millionen von Jahren entstanden war und sich von Syrien im Norden bis nach *Musumbiji* (Mosambik) im Süden erstreckt. Der Barati District, in dem sie sich gerade befanden, sei ihre neue Heimat geworden, geprägt von den Überbleibseln vergangener *vulkani* (Vulkantätigkeit). Mercy konnte das *jiwe la lava* (Lavagestein) überall auf dem kargen Boden erkennen, das in der heißen Sonne fast schwarz schimmerte.

Für Mercy, die sonst kaum über die geologische Geschichte ihrer Heimat nachgedacht hatte, war es eine neue Perspektive auf die Gegend, die sie bislang nur als ländlich und abseits der großen Städte gekannt hatte.

Die Stunde verging langsam, aber die unerwartete Pause war fast ein *zawadi* (Geschenk), das ihr half, die Umgebung aus einem anderen Blickwinkel wahrzunehmen.

Nach über einer Stunde war der Reifen schließlich gewechselt, und der Bus setzte seine Fahrt fort. Mercy nahm ihre Gedanken mit – über das Land, das sie durchquerte, und die ungewöhnliche Bekanntschaft, die sie mit dieser weltoffenen und tief verwurzelten Frau gemacht hatte.

Nach einer Weile wandte sich Wairaqw Weupe mit einer neugierigen Frage an Mercy. „Was führt dich nach Babati?" Ihre Augen suchten Mercys Blick, freundlich, aber auch forschend.

Mercy zögerte, bevor sie antwortete. „Ich muss dort einen Bus nach Westen finden," sagte sie schließlich und hielt den Blick auf die vorbeiziehenden Savannen gerichtet.

Die Frau neben ihr nickte verstehend und sagte nachdenklich: „Nun, es wird spät sein, wenn wir ankommen. Heute wirst du sicher keinen Bus mehr bekommen." Sie machte eine kurze Pause und fügte dann hinzu: „Wenn du möchtest, kannst du mir bis morgen Gesellschaft leisten. Ich habe eine kleine Farm in der Nähe und ein freies Bett. Es wäre schön, nicht allein zu sein."

Mercy war überrascht von dem Angebot und spürte gleichzeitig ein warmes Gefühl der Erleichterung. Hier, inmitten dieser fremden Welt, war plötzlich jemand, der ihr eine helfende Hand bot. Sie sah die Frau an und versuchte, ihre Absichten zu ergründen. Aber Wairaqw Weupes Gesicht strahlte nur Freundlichkeit und Aufgeschlossenheit aus.

„Danke," sagte Mercy schließlich, ein wenig zögernd. „Ich glaube… ich würde das gerne annehmen."

Ein Lächeln huschte über das Gesicht der Frau, und sie nickte, zufrieden mit Mercys Antwort. Die Fahrt setzte sich fort, und während die beiden Frauen schweigend nebeneinander saßen, spürte Mercy, dass diese Begegnung vielleicht mehr als nur ein Zufall war.

Als Mercy und Wairaqw Weupe endlich die Farm erreichten, umfing sie eine Atmosphäre der *amani* (Ruhe) und Sicherheit, die in scharfem Kontrast zu der langen und beschwerlichen Busfahrt stand. Die Farm wirkte wie eine kleine, friedliche Oase, geschützt und abgeschieden, eingerahmt von einer dichten *ukuta wa miiba* (Dornenhecke), die sich wie eine schützende Mauer rundherum zog. Die Hecke, wie vor allem in den Maasai-Dörfern üblich, war ein natürlicher Schutz gegen wilde Tiere, eine weise Vorsichtsmaßnahme in einer Region, in der das Leben so eng mit der Natur verflochten war.

Vor ihr erstreckte sich ein modernes, schlichtes Haus mit einem *paa la makuti* (Dach aus Palmblättern), das dem Gebäude ein traditionelles und doch elegantes Aussehen verlieh. Trotz der modernen Bauweise fügte es sich harmonisch in die Landschaft ein, fast als wäre es schon immer Teil dieser Erde gewesen. Das Dach schimmerte im warmen Licht der Nachmittagssonne, und ein sanfter Wind ließ das *makuti* leise rascheln – eine Melodie, die wie ein Willkommensgruß klang.

Auf der Farm selbst wuchs ein kleines Maisfeld, dessen Reihen sauber und ordentlich waren. Mercy erkannte sofort, dass die Ernte hier eher bescheiden sein musste – genug für den eigenen Bedarf, aber wohl kaum, um große Mengen zu verkaufen. Zwischen den Maispflanzen entdeckte sie verstreut einige *mianzi ya mananasi* (Ananasstauden), deren stachelige Blätter sich in stummen Grüßen dem Himmel entgegenstreckten. Rund um das Haus lagen Gemüsebeete mit Karotten, Bohnen und anderen Pflanzen, die für den Eigenbedarf angebaut wurden. Alles war sorgfältig gepflegt, aber in kleinen, handhabbaren Mengen – ein klarer Hinweis darauf, dass diese Farm mehr Selbstversorgung als Gewinnorientierung anstrebte.

Ein einfacher Brunnen stand etwas abseits, und Mercy bemerkte, dass neben der traditionellen Wasserstelle ein kleiner Kasten angebracht war. „Das ist die *pumpu* (Pumpe)," erklärte Wairaqw Weupe, mit einem Lächeln, das sowohl Stolz als auch Zufriedenheit ausdrückte. Mercy sah, dass die Farm mit moderner Technologie ausgestattet war: Ein kleiner *mnara wa upepo* (Windrad-Turm) ragte in den Himmel, mit einer Vorrichtung, die nicht nur Strom erzeugte, sondern auch als Wasserspeicher diente, der genug Druck für das Haus bereitstellte. Ein Schuppen am Rand der Farm war mit *paneli za jua* (Solarpanelen) bedeckt, und darin verbarg sich ein Generator und ein *tanki la diseli* (Dieseltank) – eine Reserve für Tage, an denen weder Wind noch Sonne genug Energie lieferten.

Mercy konnte kaum fassen, wie autark und durchdacht diese Farm war. Es war alles da, was man zum Leben brauchte, und dennoch herrschte eine friedliche Einfachheit, die sie tief berührte. Das Beste aber war der Komfort, der sie erwartete – ein Luxus, den sie seit ihrer Flucht nicht mehr erlebt hatte. Nach einer kurzen Erkundungstour führte Wairaqw Weupe sie ins Haus und zeigte ihr das Badezimmer. Hier konnte sie eine lange, warme Dusche nehmen, und Mercy genoss jede Sekunde des warmen Wassers, das über ihre Haut strömte und den Staub und die Anspannung der letzten Tage wegspülte.

Nachdem sie sich abgetrocknet hatte, stand sie vor dem Spiegel und sah zum ersten Mal seit Wochen ihren eigenen Rücken. Die *mabamba ya wadudu* (Insektenbisse), die sie sich im Polizeigewahrsam zugezogen hatte, waren immer noch gerötet und entzündet, aber die Wärme der Dusche schien sie beruhigt zu haben. Der Juckreiz war schwächer geworden, und sie spürte, wie ihr ganzer Körper langsam entspannte. Ein kleines Lächeln huschte über ihr Gesicht. Zum ersten Mal seit langer Zeit fühlte sie sich nicht nur sicher, sondern auch geborgen und umsorgt.

WAIRAQW WEUPE

Unter dem sternenklaren Nachthimmel saßen Mercy und Ingrid am Lagerfeuer, umgeben von der endlosen Weite Tansanias. Das Feuer knackte leise, und die Flammen warfen flackernde Schatten auf die Gesichter der beiden Frauen. Ingrid war anders als die *Wazungu* (Europäer), die Mercy bisher gekannt hatte: ruhig, besonnen und ohne die Hektik und den Anspruch, den viele Touristen und Geschäftsleute mitbrachten. Hier, weit entfernt vom Trubel der Städte, herrschte eine Stille, die zugleich beruhigend und eindrucksvoll war.

Mercy konnte ihre Neugier nicht länger zurückhalten. „Die Menschen nennen dich *Wairaqw Weupe*. Das ist doch kein richtiger Name für eine *Mzungu* (weiße Person) wie dich, oder?" fragte sie vorsichtig.

Ingrid lachte, und ihre Augen funkelten im Licht des Feuers. „Nein, das ist tatsächlich kein richtiger Name. *Iraqw* ist der Name eines Stammes, der hier in der Region um Babati lebt, und *weupe* bedeutet schlicht 'weiß'. Sie nennen mich die 'weiße Iraqw'. Es ist kein Name, sondern eine Beschreibung, eine Art Spitzname, den sie mir gegeben haben, weil ich hier lebe wie eine von ihnen. Getauft bin ich auf den Namen Ingrid."

„Die weiße Iraqw," wiederholte Mercy nachdenklich. „Du scheinst ihnen nahe zu stehen."

Ingrid nickte. „Ja, nach all den Jahren hier gehöre ich in gewisser Weise dazu. Sie respektieren, dass ich ihr Leben und ihre Traditionen angenommen habe und nicht wie viele andere Ausländer als Besucherin gekommen bin, die bald wieder geht. Ich habe mich angepasst und lebe ein einfaches Leben, das sich gar nicht so sehr von dem der Iraqw unterscheidet."

Ingrid nahm einen tiefen Atemzug und schien für einen Moment in Erinnerungen zu versinken. „Deutschland war einmal meine *nyumbani*

(Heimat), ein Ort voller Möglichkeiten und Freiheiten," begann sie leise, ihre Stimme fest und doch voller Wehmut. „Ich habe dort mit meinem Mann ein Leben aufgebaut, das alles war, was ich mir je erträumt hatte. Unser Haus – es war unser gemeinsamer Traum, den wir Stein für Stein erschaffen haben. Ich habe meine Kinder dort großgezogen, und wir waren eine Familie. Unser Garten war mein schönstes Hobby." Sie hielt kurz inne, ihre Augen reflektierten die Flammen des Feuers. „Aber als mein Mann starb, zerbrach etwas in mir. Das Haus, das früher mein Zuhause war, wurde zu einem Ort voller *kumbukumbu* (Erinnerungen) und Geister, die mich überallhin verfolgten."

Mercy spürte den Kloß in ihrer Kehle, als sie an ihre eigene verlorene Heimat und die zerbrochenen Träume dachte, die sie nach Nairobi getrieben hatten. Sie erlebte ja auch gerade diesen inneren Verlust und hatte gleichzeitig das Gefühl, dass auch die äußere Welt, der Staat Kenia, sich gegen sie wandte.

Ingrid sah Mercys Blick und fuhr fort, ihre Stimme jetzt härter, geprägt von einer *hasira* (Wut), die sich in der Stille der tansanischen Nacht scharf abhob. „Nach dem Tod meines Mannes kam der Streit mit meinen Kindern. Sie wollten, dass ich das Haus behielt, nicht aus Liebe, sondern wegen des Erbes. Sie wollten, dass alles bleibt, wie es war – als wäre das Haus nur eine *mali* (Investition, Besitz), und nicht der Ort, an dem ich tagtäglich an meinen Verlust erinnert wurde. Als ich das Haus schließlich verkaufte und alles losließ, brach der Kontakt endgültig ab. Sie hassten mich dafür, Mercy. Ihre eigene Mutter. Seitdem habe ich meine Enkel nicht mehr gesehen."

Mercy sah, wie Ingrids Augen im Schatten der Flammen glänzten, doch sie wusste, dass diese Frau nicht weinen würde. Sie hatte zu viel verloren, um noch an vergangenem Schmerz festzuhalten. Stattdessen schüttelte Ingrid leicht den Kopf und sah zum Sternenhimmel hinauf. „Doch der Verlust meiner Familie war nur ein Teil des Ganzen. Das Deutschland, in dem ich einst lebte und glücklich war – das Deutschland meiner Jugend und meiner Freiheit – existiert nicht mehr. Es hat sich verändert, Mercy. Es ist, als hätte das Land selbst mir den Rücken gekehrt. Früher waren wir stolz auf unsere individuellen *uhuru* (Freiheiten), auf das Recht, eigene Entscheidungen zu treffen. Aber heute fühlt es sich an, als würden wir jeden Tag ein Stück mehr verlieren."

Mercy runzelte die Stirn und fragte leise: „Aber *kanuni* (Regeln) und Gesetze... bringen sie nicht Ordnung? Schützen sie die Menschen nicht und sorgen für Sicherheit?"

Ingrid schüttelte den Kopf, ihre Miene ernst und in einem seltsamen Zwiespalt zwischen Enttäuschung und Befreiung. „Sicherheit, vielleicht. Aber um welchen Preis? In Deutschland gibt es jetzt Regeln für alles. Gesetze und Vorschriften, die das Leben von Menschen ersticken. Wir haben eine Generation von Politikern ohne jede Lebenserfahrung. Junge, unerfahrene Menschen, ohne Berufserfahrung, treffen Entscheidungen für Millionen. Sie kennen das Leben, das Arbeiten und den Schmerz der Menschen nicht. Was ich sage, was ich denke, wie ich mich ausdrücke – alles wird überwacht. Es gibt eine Art *polisi ya mawazo* (Gedankenpolizei). Eine Sprachpolizei, die dir diktiert, welche Worte du verwenden darfst und welche nicht. Was als Schutz begann, hat sich zu einer unsichtbaren *ukuta* (Mauer) entwickelt, die alles einengt, was einst lebendig war. Es ist, als ob jeder Schritt im Leben von einem unsichtbaren Wächter begleitet wird."

Mercy spürte die Verzweiflung, die in diesen Worten lag. Für sie war Deutschland immer das Land der Hoffnung gewesen, der Ort, an dem Träume wahr wurden und wo die Freiheit mehr war als ein Gedanke. Doch Ingrids Erzählungen malten ein anderes Bild – ein Land, das nicht nur seine eigenen Menschen, sondern auch seine eigene Seele verloren zu haben schien.

„Warum hast du dich dann für Tansania entschieden?" fragte Mercy nachdenklich, ihre Augen in die Flammen gerichtet, als könnte sie dort die Antwort finden.

„Weil hier die Welt noch echt ist," antwortete Ingrid leise, ihre Worte fast ein Flüstern. „Hier, inmitten von Dornenhecken und unter diesem endlosen Himmel, habe ich endlich wieder Freiheit gefunden. Die Menschen hier leben, Mercy – sie *wanaishi* (leben), sie überleben nicht nur. Die Regeln des Lebens werden von der Natur selbst aufgestellt, und das Gefühl der Freiheit, das ich hier spüre, ist mehr wert als alles, was ich in Deutschland zurückgelassen habe." Sie lächelte traurig. „Die Menschen hier haben mir einen Namen gegeben – *Wairaqw Weupe*, die weiße Iraqw. Für sie bin ich eine *mgeni* (Fremde), aber sie respektieren mich und akzeptieren, dass ich hier sein möchte, ohne mich zu beurteilen. Sie haben mir ein neues *nyumbani* (Zuhause) gegeben, ohne aufgezwungene Regeln."

Mercy blickte auf die Frau neben ihr und erkannte, dass Ingrid eine Freiheit gefunden hatte, die sie selbst kaum verstehen konnte. Während Deutschland für Mercy das unerreichbare Versprechen eines besseren Lebens war, war es für Ingrid ein erdrückender Käfig geworden, aus dem sie fliehen musste. Ihre Welten könnten unterschiedlicher nicht sein, doch im Schatten des Lagerfeuers verband sie ein tiefes Verständnis füreinander.

Ingrid legte schließlich eine Hand auf Mercys Schulter und sagte leise: „Aber nun genug von mir. Erzähl mir deine Geschichte, Mercy. Lass uns die Schatten dieser Nacht teilen."

Und so begann Mercy, ihre eigene Reise zu erzählen – von der Farm ihrer Mutter in Vihiga, den Träumen und Enttäuschungen, die sie nach Nairobi geführt hatten, und den Schmerzen und Verlusten, die sie auf diesen einsamen Weg getrieben hatten. Die Nacht zog still über die tansanische Savanne, doch am Lagerfeuer fand ein unsichtbarer Austausch statt – ein Austausch der Seelen, der Ängste und Hoffnungen zweier Frauen, die unterschiedlicher kaum sein könnten, und doch auf seltsame Weise vereint.

Am nächsten Morgen versuchte Ingrid, Mercy zu überreden, noch ein paar Tage länger zu bleiben und sich von den Strapazen der Reise zu erholen. „Du hast eine Menge durchgemacht," sagte sie mit einem sanften Lächeln, während sie den Frühstückstisch deckte. „Ein paar Tage *pumziko* (Ruhe) könnten dir gut tun."

Mercy zögerte. Bedenken nagten an ihr. Warum war Ingrid so freundlich zu ihr? Was wollte diese fremde Frau wirklich? *Mashaka* (Misstrauen) mischte sich mit der Erschöpfung, die sie in jeder Faser spürte. Sie blickte in Ingrids offenes Gesicht, suchte nach versteckten Absichten, doch fand nur aufrichtige Sorge und Gastfreundschaft.

„Ich... ich bin mir nicht sicher," sagte Mercy vorsichtig. „Ich habe Angst, zu lange an einem Ort zu bleiben. Und außerdem will ich dir keine *usumbufu* (Umstände) machen."

Ingrid winkte ab. „Unsinn. Ein paar Tage mehr machen keinen Unterschied. Hier bist du sicher, und du kannst Kräfte sammeln. Ich weiß, wie schwer es ist, ohne festen Boden unter den Füßen weiterzuziehen."

Schließlich gab Mercy nach und nickte. Sie spürte, wie eine leise Erleichterung in ihr aufstieg, auch wenn das Misstrauen noch nicht ganz verschwunden war. Vielleicht war es wirklich an der Zeit, für einen kurzen Moment *kupumzika* (durchzuatmen), auch wenn sie nicht wusste, was Ingrid wirklich bewegte.

Ingrid fuhr einen alten, robusten Land Rover, dessen klobige Reifen und abgenutzter Lack von zahllosen Fahrten durch die staubigen, unebenen Straßen Tansanias zeugten. Die Fahrt nach Babati führte durch eine malerische, teils schroffe Landschaft. Die Straße schlängelte sich durch die *savanna* (Savanne), wo sich endlose Ebenen, ausgedörrte Sträucher und vereinzelte Akazien abwechselten. Die Sonne stand hoch am Himmel, und ihre Hitze ließ die Erde und die Luft flimmern. Ab und an tauchten Maasai-Hirten auf, die in ihren leuchtend roten *shukas* (traditionellen Umhängen) gehüllt ihre Rinderherden an den wenigen Wasserstellen sammelten, während sie anmutig mit ihren hölzernen Stöcken posierten. Die Szenerie war ein faszinierender Kontrast aus Ruhe und Wildheit, und Mercy konnte ihren Blick kaum von der Schönheit der Umgebung abwenden.

In Babati angekommen, führte Ingrid sie zu einem kleinen, staubigen Laden, der einfache, aber robuste Kleidung und Schuhe anbot. Hier wählte sie für Mercy ein Paar feste, braune Wanderschuhe, die für das unwegsame *ardhi* (Terrain) der Region bestens geeignet waren. „Diese wirst du brauchen," sagte Ingrid lächelnd, während sie Mercys Flip-Flops kritisch musterte. „Gutes Schuhwerk hat schon so manchem bei einem *umwa wa nyoka* (Schlangenbiss) das Leben gerettet. Mit Flip-Flops solltest du hier nicht umherlaufen!" Ingrid ließ außerdem ein paar T-Shirts und eine Hose für Mercy einpacken – praktische Kleidung, die ihr bei der Weiterreise gute Dienste leisten würden.

Mercy war überglücklich, als sie die neuen Kleidungsstücke in den Händen hielt. Gleichzeitig spürte sie eine tiefe Verlegenheit aufsteigen. Sie fragte sich, wie sie Ingrid all das jemals würde zurückzahlen können. Doch Ingrid winkte nur ab und legte ihr eine Hand auf die Schulter. „Mach dir keine Gedanken, Mercy. Hier draußen hilft man einander. Das ist einfach so."

Zurück auf der Farm, die sich ruhig und eingebettet in eine weite Ebene erstreckte, war es für Mercy eine Selbstverständlichkeit, Ingrid bei den anfallenden Arbeiten zu unterstützen. Der Hof bestand aus einem kleinen Steinhaus, umgeben von einem Garten voller Gemüsebeete und ein paar Hühnern, die frei herumliefen.

Am nächsten Morgen fiel Ingrid jedoch beinahe in Panik, als sie Mercy nirgends finden konnte. Besorgt blickte sie in die Ferne und fürchtete, dass Mercy ohne ein Wort gegangen wäre. Doch dann sah sie sie auf den Feldern hocken, wo sie eifrig *kupalilia* (Unkraut jätete). Mercy war mit einer Selbstverständlichkeit bei der Arbeit, die Ingrid bewunderte. „Das musste dringend gemacht werden," meinte Mercy nur und lächelte, als Ingrid zu ihr trat. „Sonst bekommen deine Pflanzen nicht genug *mwanga* (Licht)." Die praktische Arbeit auf dem Land war ihr als Kind der *Tiriki*-Kultur vertraut, und sie wusste, wie wichtig *kulima* (cultivating) war, um die Ernte zu sichern.

Am Abend beschlossen sie, ein einfaches, aber besonderes Mahl zu bereiten. Mercy schlachtete eines der *kuku* (Hühner) – eine Aufgabe, die sie routiniert und gekonnt erledigte. „Wenn wir *Tiriki* eines beherrschen, dann ist es das Zubereiten von Hühnerfleisch," sagte sie schmunzelnd. Sie mischte die frischen Zutaten aus Ingrids Garten: Mais, Bohnen, Karotten und anderes Gemüse. Der Duft des Kochens erfüllte die kühle Abendluft und vermischte sich mit den Geräuschen der *pori* (Wildnis), die draußen leise erwachte. Ingrid war beeindruckt. Sie kannte all die Zutaten, aber in Mercys Händen verwandelten sie sich in etwas Besonderes. Der Geschmack des Essens war reich und wärmend, und sie nickte zufrieden, während sie die einfache, aber würzige Mahlzeit genoss. „Alle diese Zutaten kenne ich natürlich, aber es hat noch nie so gut geschmeckt," sagte sie, und beide Frauen lachten, während sie in das Essen vertieft waren.

Die Stunden vergingen, und sie saßen noch lange im Schein des Mondes beisammen, die Stille der tansanischen Nacht um sie herum. Trotz der Unterschiede in ihrer Herkunft fühlten sie sich verbunden, beide vereint durch die Schönheit und Härte der Wildnis, durch einfache Freude und gegenseitigen Respekt.

Am nächsten Morgen brachen sie früh auf und fuhren mit dem alten Land Rover über schmale, holprige Pfade in das kleine Dorf Halla. Die Straße schlängelte sich durch grüne Täler und steile Hügel, die unter der aufgehenden Sonne leuchteten. Halla lag am Fuße des Mount Kwaraa, dessen Gipfel in den Morgennebel gehüllt war. Das Ziel schien fast unerreichbar – 1.500 Meter weiter oben, und der steile Pfad dorthin war mit grobem Geröll und dichtem *kijani kibichi* (dichtem Gestrüpp) bedeckt.

Der Aufstieg begann gemächlich, doch schon nach kurzer Zeit spürte Mercy, wie der Pfad steiler wurde und jeder Schritt mehr Kraft erforderte. Die Sonne stieg höher und die Luft wurde heißer, die Feuchtigkeit aus den tiefgrünen Büschen verdichtete sich und verwandelte den Aufstieg in eine schweißtreibende Herausforderung. Jeder Schritt schien schwerer als der letzte, ihre Muskeln brannten, und der Atem ging ihr immer schneller. Sie konnte spüren, wie ihr Herz kräftig schlug, während sie sich mit angespanntem Gesichtsausdruck gegen den Berg stemmte.

Der Weg führte über schmale, erodierte Pfade, wo jeder falsche Schritt in die Tiefe führen konnte. Die Schuhe gruben sich in den lockeren Boden, und Mercy musste oft stehen bleiben, um das Gleichgewicht wiederzufinden. Ingrid ging ruhig und gleichmäßig neben ihr, ermunterte sie, auf ihre *kupumua* (Atmung) zu achten und in kleinen Schritten weiterzugehen. Doch der Gipfel wirkte noch so weit entfernt – eine Herausforderung, die sie sich mit jeder Kehre neu stellte.

Schweiß rann Mercy in die Augen und vermischte sich mit dem Staub, der von den trockenen, steinigen Böden aufwirbelte. Ihr Hals war trocken, und das *maji* (Wasser) in ihrer Flasche schwand schnell. Sie spürte die Erschöpfung in jedem Muskel ihres Körpers, und ein leiser Zweifel kroch in ihr hoch – ob sie es schaffen würde, bis ganz nach oben. Doch Ingrid legte ihr ermutigend eine Hand auf die Schulter und nickte, als wollte sie sagen: "*Tuko karibu*" (Wir sind fast da).

Der letzte Teil des Aufstiegs war der härteste. Die Luft wurde dünner und das Atmen schwerer. Jeder Schritt fühlte sich an, als würde er die letzte Kraft aus ihren Beinen ziehen. Der schroffe Fels und die schmalen, windgepeitschten Grate machten den Aufstieg gefährlich, und sie musste sich manchmal an niedrigen Büschen oder kleinen Felsvorsprüngen festhalten, um nicht ins Rutschen zu geraten. Ihre Hände schmerzten vom Klammern und Stützen, ihre Beine zitterten bei jedem Schritt.

Endlich, nach Stunden des harten Kampfes, erreichten sie den *kilele* (Gipfel). Die Anstrengungen fielen plötzlich von Mercy ab, als sie den atemberaubenden Ausblick wahrnahm. Unter ihnen erstreckte sich das *Bonde la Ufa* (Rift Valley), tief eingeschnitten in die endlosen Weiten Tansanias, die im goldenen Licht der Sonne glühten. Ein kühler Wind strich über ihr verschwitztes Gesicht, und sie spürte, wie die Anstrengung des

Aufstiegs in einer Welle von Erleichterung und Stolz verflog. Es war ein Moment der *uhuru* (Freiheit), der für alle Mühen belohnte – ein Moment, den sie tief in sich aufnahm, während sie den Blick über die Landschaft schweifen ließ und die stille, unberührte Schönheit der Natur bewunderte.

An einem anderen Tag brachen sie früh auf und fuhren mit dem Land Rover zu den Nou Waterfalls, einer abgelegenen Sehenswürdigkeit inmitten üppiger grüner Hügel. Die Straße war holprig und voller *mashimo* (Schlaglöcher), aber das störte Mercy nicht im Geringsten. Der Gedanke, einen echten Wasserfall zu sehen – ein Anblick, den sie sich immer nur erträumt hatte – ließ ihr Herz vor Aufregung schneller schlagen.

Als sie schließlich ausstiegen und den kurzen, schmalen *njia* (Pfad) hinuntergingen, hörte Mercy das ferne *milio ya maji* (Rauschen des Wassers), das sich allmählich in ihr Bewusstsein drängte. Es wurde lauter, während sie sich durch das dichte Grün kämpften, bis sich der dichte Dschungel öffnete und vor ihnen die Nou Waterfalls in ihrer ganzen Pracht sichtbar wurden. Das Wasser stürzte über glatte Felsen in einen klaren *bwawa* (Pool), der von moosbedeckten Steinen und leuchtend grünen Pflanzen eingerahmt war. Sonnenstrahlen brachen durch die Blätter und tanzten auf dem Wasser, das in einem ständigen Fluss zu ihren Füßen lag.

Mercy konnte kaum glauben, dass sie wirklich hier war. Ein Lächeln breitete sich auf ihrem Gesicht aus, und sie drehte sich zu Ingrid, die ihr mit einem warmen Blick bedeutete, dass sie den Moment genießen sollte. Ohne lange zu überlegen, zog Mercy ihre Schuhe aus und watete in das kalte Wasser. Das erfrischende Gefühl prickelte auf ihrer Haut, und sie ließ das Wasser über ihre Hände gleiten, fühlte die kühle, klare Frische, die sie fast bis ins Herz spürte. Sie lachte laut, das Echo hallte von den Felsen wider, und zum ersten Mal seit langer Zeit fühlte sie sich *huru* (unbeschwert) und frei.

Ingrid beobachtete sie lächelnd, und Mercy spürte, wie sich ein tiefes Gefühl der *shukrani* (Dankbarkeit) in ihr ausbreitete. Noch nie hatte jemand so etwas für sie getan – sie einfach aus ihrem Alltag herausgeholt und ihr einen solchen Moment geschenkt. Sie sah zu Ingrid hinüber und versuchte, die richtigen Worte zu finden, doch nichts schien angemessen. Stattdessen rannte sie durch das seichte Wasser und zog Ingrid ebenfalls hinein, bis beide lachend und spritzend unter den fallenden Tropfen des Wasserfalls standen.

An diesem Tag, im erfrischenden Nass der Nou Waterfalls, spürte Mercy eine *joto la moyoni* (Wärme im Herzen), die sie schon lange nicht mehr gefühlt hatte. Hier, in der Natur Tansanias und in Gesellschaft einer Freundin, schien ihre Vergangenheit für einen Moment so weit entfernt wie die Wasserfälle, die unaufhaltsam in die Tiefe stürzten.

Mercy blieb schließlich nicht nur ein paar Tage, sondern mehrere Wochen auf Ingrids Farm. Die Zeit verging in einem ruhigen *mpigo* (Rhythmus) – eine heilsame Pause nach der harten Reise, die sie bis hierher geführt hatte. Sie half Ingrid auf den Feldern, lernte einiges über den Anbau und die Pflege der Pflanzen und genoss die kleinen Freuden des Landlebens. Doch die bevorstehende *msimu wa mvua* (Regenzeit) war allgegenwärtig, wie eine unsichtbare Grenze, die näher rückte. Mercy wusste, dass sie bald weiterziehen musste, wenn sie nicht Gefahr laufen wollte, von den plötzlich anschwellenden Flüssen und schlammigen Wegen der Regenzeit aufgehalten zu werden. Ein Vorankommen wäre dann nicht nur beschwerlich, sondern stellenweise sogar *haiwezekani* (unmöglich).

Der Abschied fiel ihr schwerer, als sie es sich eingestehen wollte. Ingrid war nicht nur eine großzügige Gastgeberin, sondern eine *rafiki* (Freundin) geworden, die Mercy das Gefühl von *usalama* (Geborgenheit) gegeben hatte, wie sie es schon lange nicht mehr verspürt hatte. Sie hatten viele Abende zusammen verbracht, gemeinsam gekocht, gelacht und Geschichten aus ihren so unterschiedlichen Leben erzählt. Für Mercy war es mehr als nur eine kurze Pause – es war ein Stück Zuhause auf fremdem Boden.

Doch der schwierigste Moment kam, als Ingrid ihr zum Abschied ein dickes Bündel tansanischer Schillinge überreichte. „Das ist für deine weitere Reise", sagte sie sanft und legte Mercy die Banknoten in die Hand. Es waren eine Million tansanische Schilling – eine Summe, die Mercy *kustaajabu* (sprachlos) machte. Sie wollte das Geld zuerst nicht annehmen, fühlte sich verlegen und überwältigt von Ingrids Großzügigkeit. Doch Ingrid bestand darauf, und schließlich nahm Mercy das Geld zögernd entgegen, mit einem tiefen Dank, der mehr in ihren Augen als in Worten zu lesen war.

Ingrid brachte Mercy noch zum *Babati Bus Stand*. Mit schwerem Herzen und dem Versprechen, irgendwann zurückzukehren, verabschiedeten sich die beiden voneinander. Mercy wusste, dass diese Unterstützung, dieses Geschenk, sie ein gutes Stück näher an ihre hoffnungsvolle Zukunft bringen würde. Doch die Erinnerung an die gemeinsame Zeit mit Ingrid trug sie wie einen kostbaren Schatz in ihrem Herzen weiter.

ABRUPTES ENDE EINER REISE

Mercys Reise von Babati nach Singida begann früh am Morgen, als der erste Bus des Tages, ein alter, leicht verbeulter Reisebus, seine Türen öffnete und die Passagiere langsam einstiegen. Die Strecke von etwa 150 Kilometern versprach eigentlich eine Fahrzeit von drei Stunden, aber Mercy wusste aus Erfahrung, dass die Realität in Tansania oft ganz anders aussah. Der Bus war vollgepackt mit Menschen und ihren *mali* (Habseligkeiten) – Säcke mit Mais, Bündel von Gemüse, lebende *kuku* (Hühner) in Käfigen und sogar ein paar Fahrräder, die lose an der Rückseite des Busses befestigt waren.

Die Straße nach Singida war eine Mischung aus asphaltierten und holprigen, staubigen Abschnitten. Sie führte durch endlose Ebenen, die hier und da von kleinen Dörfern und vereinzelten *mibuyu* (Baobab-Bäumen) unterbrochen wurden. Die Landschaft um sie herum war karg, trocken und flimmerte in der sengenden *joto la mchana* (Mittagshitze). Durch das Fenster beobachtete Mercy die *savanna* (Savannenlandschaft), die sich kilometerweit erstreckte und in der Ferne in die flachen Hügel überging. Es war die Trockenzeit, und die weiten, fast endlosen Grasflächen waren braun und ausgedörrt. Die Vegetation bestand meist aus kleinen Büschen und vereinzelten *migunga* (Akazien), die sich der Dürre angepasst hatten und nur spärlich Schatten spendeten.

Der Bus stoppte oft. Die *wauzaji wa barabarani* (Straßenverkäufer) nutzten jede Haltemöglichkeit, um an den offenen Fenstern Obst, Getränke und gegrillte *mahindi ya kuchoma* (Maiskolben) anzubieten. Die Kinder an den Straßenrändern winkten fröhlich, während ihre Eltern skeptisch die vorbeifahrenden Reisenden musterten. Mercy spürte die langen Stunden, die sie durch diese einsame Landschaft fuhren, in ihren müden Knochen. Sie wusste, dass sie sich eigentlich *kupumzika* (ausruhen) sollte, doch der

Lärm und die Hitze machten es ihr unmöglich, auch nur kurz die Augen zu schließen.

Hinter Gehandu wurde die Fahrt plötzlich unterbrochen: Die Straße war gesperrt. Monate zuvor, während der letzten *msimu wa mvua* (Regenzeit), war hier von den Wassermassen eine Brücke weggerissen worden, und bis heute hatte man sie nicht repariert. Wie alle anderen Fahrzeuge auch, musste der Bus von der Straße abfahren und auf einen provisorischen, abgenutzten Umweg ausweichen. Der Weg war von der ständigen Nutzung stark beansprucht und in einem schlechten Zustand. Doch der Fahrer schien diese Strecke gut zu kennen und fuhr den holprigen Pfad mit *utulivu wa kiasili* (routinierter Gelassenheit), als wäre es nicht das erste Mal, dass er sich durch diesen Umweg kämpfte.

Plötzlich gab es ein lautes *mlio* (Knirschen), und der Bus kam ruckartig zum Stehen. Er hatte aufgesetzt und saß nun fest. Die Passagiere schauten sich besorgt um, und es war schnell klar, dass alle aussteigen mussten, um den Bus zu entlasten und zu versuchen, ihn freizubekommen. Doch ein weiteres Problem stellte sich: Links neben dem Bus fiel das Gelände mehrere Meter steil ab – ein gefährlicher *mtelemko* (Abgrund), der den Ausstieg auf dieser Seite unmöglich machte. Ein mulmiges Gefühl breitete sich aus.

Der Fahrer organisierte den Ausstieg über den *kiti cha dereva* (Fahrersitz). Jeder musste über den Vordersitz klettern und auf der rechten Seite den Bus verlassen. Es war eine umständliche und enge Prozedur, aber schließlich gelangten alle sicher nach draußen. Die Entlastung half, und der Bus hob sich etwas an. Mit einem vorsichtigen Manöver schaffte es der Fahrer, das Fahrzeug aus der misslichen Lage zu befreien.

Erleichtert stiegen die Passagiere wieder ein, einige mit einem nervösen Lächeln auf den Lippen. Die Fahrt ging weiter – doch Mercy hatte eine Erinnerung mehr daran, wie *isiyotarajiwa* (unberechenbar) das Reisen in diesem Teil der Welt sein konnte.

Am frühen Abend kam Singida in Sicht. Die Stadt lag eingebettet in eine leicht hügelige Umgebung und schien vom Rest des Landes fast *imetengwa* (abgeschnitten). Singida ist bekannt für seine *maziwa ya chumvi* (Salzseen), die in der Nähe glitzerten und einen faszinierenden Anblick boten, besonders im Abendlicht. Die Seen waren jedoch auch ein Symbol für die Härte dieses Ortes, denn das Leben hier war ebenso karg und schwer wie die Landschaft selbst. Als der Bus endlich die zentrale Haltestelle in Singida erreichte, war die Sonne bereits dabei, hinter den Hügeln zu verschwinden. Das Licht tauchte die Stadt in einen warmen, orangefarbenen *mng'aro* (Glanz), der die Häuser und Straßen weich und einladend wirken ließ.

Mercy stieg aus dem Bus, das Gepäck fest in der Hand, und machte sich auf die Suche nach ihrem Anschlussbus. Doch die Hoffnung zerschlug sich schnell – der letzte Bus für diesen Tag war bereits abgefahren. Enttäuscht und erschöpft sah sie sich um und wusste, dass sie die Nacht hier verbringen musste.

Das von Ingrid erhaltene Geld ermöglichte es ihr, nach einer Übernachtungsmöglichkeit zu suchen. Nach einiger Zeit fand sie ein einfaches, aber sauberes *gesti* (Gästehaus) am Rand der Stadt. Es war eine unscheinbare Unterkunft, ohne besondere Ausstattung, aber es war ein Dach über dem Kopf und bot ihr für 20.000 tansanische Schilling zumindest für eine Nacht etwas *usalama* (Sicherheit). Das Zimmer war klein und einfach, die Wände blätterten, und das Bett war hart, doch Mercy war dankbar, dass sie zumindest für diesen Moment einen Zufluchtsort gefunden hatte, und die Dusche bewirkte Wunder.

Die Nacht war jedoch unruhig. Die Geräusche der Stadt drangen durch das dünne Fenster: das gelegentliche Hundegebell, das Rufen der *wauzaji wa mtaani* (Straßenhändler), die noch spät ihre Waren anboten, und das Brummen eines *jenareta* (Generators) in der Nähe. Mercy lag wach, immer wieder von der Angst geplagt, entdeckt zu werden. Der Gedanke, dass die Polizei jederzeit an ihre Tür klopfen könnte, ließ sie kaum zur Ruhe kommen. In ihrem Inneren tobten die *mashaka* (Zweifel) und die Unsicherheit über das, was vor ihr lag. Sie wusste, dass sie am nächsten Morgen weiterziehen musste, und hoffte, dass sie dann endlich Singida hinter sich lassen und die nächste Etappe ihrer Reise in Angriff nehmen konnte. Hätte sie bei Ingrid bleiben sollen? War es ein Fehler, konsequent den Weg in eine legale Zukunft über ein *kambi ya wakimbizi* (Flüchtlingslager) zu verfolgen?

Die Nacht in Singida war kurz und erschöpfend, doch Mercy hielt an ihrem Plan fest, *kwa uthabiti* (unbeirrt) weiterzugehen, ungeachtet aller Ängste und der Unsicherheit, die ihr Weg mit sich brachte.

Am nächsten Morgen, noch vor dem ersten Licht des Tages, stand Mercy bereits bereit, um ihre Reise von Singida nach Nyakanazi fortzusetzen. Die Nacht im kleinen *gesti* (Gästehaus) war kurz und ruhelos gewesen, doch sie wusste, dass sie keine Zeit zu verlieren hatte. Als der Bus eintraf, ein schwerfälliger, alter Reisebus mit verblasster Lackierung, stieg sie schnell ein und fand einen Platz am Fenster. Die morgendliche *baridi ya asubuhi* (Kühle des Morgens) durchdrang die stickige Luft im Bus, und die ersten Sonnenstrahlen brachen gerade über den Horizont, als der Fahrer den Motor startete und sie langsam die staubige Hauptstraße von Singida hinter sich ließen.

Die Fahrt führte sie durch eine faszinierende und gleichzeitig entlegene Landschaft. Die weiten *savanna* (Savannen) erstreckten sich bis zum Horizont, unterbrochen nur von vereinzelten *migunga* (Akazienbäumen) und spärlichen Sträuchern. Die Erde war trocken, die Vegetation von der Trockenzeit gezeichnet und braun gefärbt. Ab und zu sah Mercy kleine Dörfer und Felder, in denen die Menschen ihren alltäglichen Aufgaben nachgingen, die *mashamba ya mtama na mahindi* (Hirse- und Maisfelder) in der Morgenhitze versengten. Die Hitze begann langsam, die Luft im Bus schwer und drückend zu machen, und Mercy spürte, wie ihre Kleidung an ihr klebte, während der Bus holprig die endlosen Straßen entlangfuhr.

Die Stimmung im Bus war angespannt, eine stille Unruhe lag in der Luft. Die Passagiere sprachen wenig, und viele schienen ebenso erschöpft und besorgt wie Mercy. Jeder schien tief in Gedanken versunken zu sein, und einige warfen nervöse Blicke aus den Fenstern.

Als sie sich am späten Nachmittag Nyantakara näherten, bemerkte Mercy, dass der Bus langsamer wurde. Schließlich kam er ganz zum Stillstand. Durch die Fenster konnte sie sehen, dass sie auf eine *kizuizi cha polisi* (Polizeisperre) gestoßen waren und sich eine lange Schlange zu kontrollierender Fahrzeuge gebildet hatte. Mehrere Beamte standen mit ernsten Mienen an der Straßenseite, die Arme verschränkt, während andere Polizisten an den Bussen und Autos entlanggingen, die hier anhalten mussten. Mercy spürte, wie ihr Herzschlag schneller wurde, eine unwillkommene Welle der *hofu* (Angst) überkam sie. Sie wusste, dass es riskant war, ohne Papiere zu reisen, und dass solche Kontrollen ernsthafte Konsequenzen für sie haben könnten.

Die Polizisten begannen, in den Bus vor ihrem Bus zu steigen, einer nach dem anderen, und suchten nach Personen ohne gültige *hati*

(Papiere). Die Passagiere um sie herum schwiegen, und eine spürbare *mvutano* (Anspannung) erfüllte die Luft. Es würde nicht mehr lange dauern, bis die Polizisten näherkämen. Mercy presste sich gegen ihren Sitz, zog den Blick nach unten und hoffte, so unsichtbar wie möglich zu wirken. Doch in ihrem Inneren wusste sie, dass dies ein Wendepunkt sein könnte. Wenn die Beamten ihre Papiere sehen wollten, würde sie keine Erklärung haben – keine Dokumente, keine Rechtfertigung.

Sie beschloss, nicht darauf zu warten, dass die Polizisten auch diesen Bus kontrollieren würden. Schließlich traf sie eine Entscheidung – sie konnte nicht darauf hoffen, *bila kutambulika* (unentdeckt) zu bleiben. Es würde zu riskant sein. Sie musste schnell handeln, bevor die Beamten Verdacht schöpften. Der Gedanke, entdeckt und womöglich zurück nach Kenia geschickt zu werden, war **isiyovumilika** (unerträglich). Sie wusste, dass sie nicht hierbleiben konnte – sie musste fliehen.

Ohne lange nachzudenken, schlüpfte Mercy leise aus ihrem Sitz und bewegte sich vorsichtig in Richtung der hinteren Bustür. Zum Glück waren die Polizisten gerade mit dem Bus vor ihrem beschäftigt und beachteten sie nicht. Sie nutzte den Moment, öffnete die Tür und sprang hastig hinaus. Die staubige Straße lag vor ihr, und für einen Moment musste sie sich orientieren.

Hastig schaute sie sich um und entdeckte einen schmalen, abgelegenen *njia* (Pfad), der von der Straße in Richtung eines nahegelegenen Wäldchens führte. Ohne zu zögern rannte sie darauf zu, ihre Füße wirbelten Staub auf, und die schwere *joto* (Hitze) drückte auf ihre Schultern. Sie wusste, dass sie sich von der Straße fernhalten musste – die Polizei würde möglicherweise nach ihr suchen, sobald sie merkten, dass eine Passagierin den Bus verlassen hatte.

Der Pfad führte Mercy in ein dicht bewachsenes Gebiet, das sie vor den neugierigen Blicken der Polizisten schützen würde. Der Boden war *mbaya* (uneben), und sie stolperte mehrmals über Steine und Wurzeln, während sie sich immer tiefer in das Dickicht schlug. Die Sträucher und Bäume boten ihr Deckung, aber der Weg war anstrengend, und bald spürte sie, wie der Schweiß ihr Gesicht hinunterlief. Auch jetzt am späten Nachmittag war es immer noch heiß. Der Stress und die Ungewissheit nagten an ihren Kräften, doch sie konnte nicht innehalten. Ihre einzige Option war es, weiterzugehen und darauf zu hoffen, dass sie eine sichere *kimbilio* (Zuflucht) oder eine alternative Transportmöglichkeit finden würde.

Während sie sich immer weiter von der Straße entfernte, fiel ihr auf, dass die Geräusche des Verkehrs allmählich verstummten und nur noch die *utulivu wa asili* (Stille der Natur) um sie herum herrschte. Mercy wusste, dass sie nun auf sich allein gestellt war. Sie versuchte, ihre *hofu* (Panik) unter Kontrolle zu bringen, und beschloss, auf ihre *hisia* (Instinkte) zu vertrauen. Der Pfad war schmal und kaum sichtbar, und er führte sie immer tiefer in das unbekannte Gelände.

Mercy zwang sich, ruhig zu bleiben und *hatua kwa hatua* (Schritt für Schritt) voranzugehen. Mit jeder Minute, die sie sich weiter entfernte, fühlte sie sich einerseits sicherer vor der Polizei, aber andererseits wuchs auch die Angst vor dem Ungewissen. Sie wusste, dass dieser mutige Schritt sie an den Rand ihrer Kraftreserven bringen würde, doch sie hatte keine andere Wahl. Der Gedanke, zurückzugehen oder sich den Polizisten zu stellen, war für sie keine Option.

Mercy stolperte durch das dichte *pori* (Buschland), das sie umgab. Jeder Schritt kostete sie Überwindung, denn die Wildnis um Nyantakara war ihr völlig fremd. Sie fühlte sich hoffnungslos verloren und begann, an ihrem Plan zu zweifeln. Ohne klare Richtung oder Hilfe schienen die endlosen Bäume und der trockene Boden um sie herum wie eine undurchdringliche *ukuta* (Wand), die sie immer weiter in die Verzweiflung trieb. Der Gedanke, hier allein gestrandet zu sein, ohne zu wissen, wo der nächste Ort war oder wie sie den Polizeikontrollen entkommen könnte, nagte an ihren *mashaka* (Nerven).

DURCH DEN WILDEN TROCKENWALD

Gerade als Mercy den Mut fast verloren hatte und die Einsamkeit der Wildnis sie zu überwältigen drohte, hörte sie ein Rascheln in der Nähe. Sie hielt inne, ihr Herz schlug schneller, und sie drehte sich vorsichtig um. Aus dem dichten Schatten der Bäume trat ein Mann hervor, gekleidet in traditioneller tansanischer *nguo za kienyeji* (Kleidung), seine Haltung ruhig und in Harmonie mit der Umgebung. Er bewegte sich mit einer Leichtigkeit, die verriet, dass er diese Landschaft kannte, als wäre sie ein Teil von ihm. Sein Blick war klar und aufmerksam, als ob er jedes kleinste Detail um sich herum wahrnahm. Mercy fühlte eine Mischung aus Erleichterung und Misstrauen – wer war dieser Mann, und konnte sie ihm vertrauen?

Der Mann trat näher, und ein freundliches Lächeln legte sich auf sein Gesicht. „*Habari*" (Hallo), sagte er mit ruhiger, tiefer Stimme. „Mein Name ist Mwinyi." Die Gelassenheit in seiner Stimme und die Wärme seines Lächelns ließen Mercy einen Moment ihre Anspannung vergessen. „Du scheinst nicht von hier zu sein," fügte er hinzu, sein Blick durchdringend, aber ohne Urteil.

Mercy nickte zögernd und versuchte, in knappen Worten ihre Lage zu erklären. Sie sprach leise, erzählte von ihrer Flucht und davon, wie sie die Polizeikontrollen dazu gezwungen hatten, den Bus zu verlassen und in die Wildnis zu fliehen. Mwinyi hörte geduldig zu, und in seinen Augen spiegelte sich ein Hauch von *huruma* (Mitgefühl) und Verständnis.

„Ich kenne den *Hifadhi ya Kigosi* (Kigosi Nationalpark) gut," sagte er schließlich. „Ich war früher *mwangalizi wa wanyamapori* (Ranger) hier." Seine Stimme hatte einen sanften Stolz, der von tiefer Verbundenheit mit dieser Wildnis zeugte. „Ich kann dich durch das Gebiet führen, abseits der Straßen und der neugierigen Blicke der Polizei. Es ist kein leichter Weg, aber ich kann dir helfen."

Mercy fühlte, wie ihre Verzweiflung langsam einer vorsichtigen Hoffnung wich. Der Gedanke, jemanden an ihrer Seite zu haben, der die Gegend so gut kannte und bereit war, sie durch die Gefahren des Parks zu führen, erschien ihr wie ein unerwartetes Geschenk. „Ich habe kaum *pesa* (Geld)..." murmelte sie, ihre Stimme klang unsicher.

Mwinyi winkte ab. „Du musst mich nicht bezahlen. Ein wenig *ushirika* (Gesellschaft) ist manchmal mehr wert als Geld," sagte er mit einem leichten Lächeln. „Und ich sehe, dass du Hilfe brauchst." Er schien mit diesen Worten nicht nur ihre äußere Lage zu meinen, sondern auch die innere Erschöpfung, die sie ausstrahlte. „Wir können gemeinsam durch den Park gehen, und ich werde dir zeigen, wie man hier überlebt und die Natur *heshima* (respektiert)."

Mercy spürte eine Welle der *shukrani* (Dankbarkeit) in sich aufsteigen und nickte. Sie war bereit, diesen beschwerlichen Weg auf sich zu nehmen, denn sie wusste, dass dies ihre beste Chance war, den Park sicher zu durchqueren und ihre Flucht fortzusetzen. Mit Mwinyi an ihrer Seite fühlte sie sich zum ersten Mal seit langer Zeit nicht mehr völlig allein.

Die Sonne senkte sich langsam hinter den Bäumen, und das *giza la jioni* (Dämmerlicht) verwandelte die Landschaft in eine geheimnisvolle Szenerie voller Schatten und schimmernder Silhouetten. Mercy spürte die *uchovu* (Erschöpfung) in ihren Gliedern, die Last der zurückgelegten Strecke, und wusste, dass sie für heute nicht weitergehen konnte. Mwinyi, der ihre Müdigkeit bemerkte, zeigte auf eine geschützte Stelle in der Nähe. Dort hatte er bereits einen Schlafplatz auf frischem *majani ya kukauka* (Stroh) vorbereitet und ein kleines Feuer entfacht, dessen Flammen in der beginnenden Dunkelheit sanft tanzten.

„*Pumzika*" (Ruh dich aus), sagte Mwinyi und warf ein paar Zweige ins Feuer, das leise knisternd aufflammte. „Die Nächte hier draußen sind kühl und können voller Geräusche sein. Aber mit dem Feuer bleiben wir sicher." Mercy setzte sich dankbar neben die Wärme der Flammen und spürte, wie sich die Anspannung des Tages langsam löste. Der Funken eines neuen Mutes flackerte in ihr auf, während sie in das flackernde Feuer starrte und den stillen Schutz der Wildnis um sich herum spürte.

Dankbar ließ sich Mercy am *moto* (Feuer) nieder. Die Wärme und das vertraute Prasseln der Flammen gaben ihr ein seltenes Gefühl von

Sicherheit in dieser rauen, unbekannten Wildnis. Die Dunkelheit legte sich schnell über das Land, als ob jemand eine schwere *blanketi ya usiku* (Decke der Nacht) über die Landschaft gezogen hätte. So nah am Äquator verschwand die Sonne plötzlich, und die Nacht kam fast ohne Vorwarnung.

Mwinyi setzte sich neben sie, sein Gesicht teilweise im flackernden Schein des Feuers verborgen, seine Augen jedoch hell und lebendig. Nach einer Weile begann er zu sprechen, seine Stimme tief und getragen von einer Mischung aus *fahari* (Stolz) und Nostalgie. „Ich war viele Jahre Ranger hier im Kigosi Nationalpark," sagte er. „Dieser Ort ist wie eine zweite Heimat für mich. Auch jetzt, im Ruhestand, kehre ich oft zurück, um sicherzustellen, dass alles in Ordnung ist. Die Tiere und die Natur sind mir ans Herz gewachsen – ich kann einfach nicht loslassen."

Mercy lauschte aufmerksam, gefesselt von Mwinyis Geschichten über das Leben im Park, seine Begegnungen mit Elefanten und *simba* (Löwen) und die Herausforderungen seiner Arbeit als Ranger. Er sprach von nächtlichen Patrouillen und Verfolgungsjagden mit *wawindaji haramu* (Wilderern), die immer wieder versuchten, das empfindliche Gleichgewicht dieser Wildnis zu stören. Seine Worte waren durchdrungen von Respekt für die Natur, aber auch von einer tiefen Kenntnis ihrer Gefahren und Unberechenbarkeit.

„Die *asili* (Natur) hier kann gnadenlos sein," sagte Mwinyi und warf einen kleinen Stock ins *moto* (Feuer), der kurz auflöderte, bevor er in *majivu* (Asche) zerfiel. „Aber sie ist auch voller Schönheit und *hekima* (Weisheit). Man muss nur lernen, ihre Zeichen zu lesen und ihre Sprache zu verstehen."

Mercy, die bisher wenig Kontakt zur Wildnis gehabt hatte, vergaß für einen Moment ihre eigene schwierige Situation. Sie lauschte gebannt Mwinyis ruhiger, fester Stimme und spürte seine tiefe *ushirikiano* (Verbundenheit) mit der Natur. In diesen wenigen Stunden schien sich ihre Perspektive zu verändern. Der Park, der ihr zuvor wie ein unberechenbarer *adui* (Gegner) erschienen war, zeigte sich nun durch Mwinyis Worte in einem neuen Licht – als ein Ort voller Geheimnisse und Leben, der gleichermaßen Respekt und Achtsamkeit forderte.

Als das Feuer langsam zu *kuzima* (glimmen) begann und die Nacht kühler wurde, rollte sich Mercy auf ihrem Platz aus *majani ya kukauka* (trockenem Gras) zusammen. Mwinyi überprüfte das Feuer, stellte sicher, dass es sicher brannte und schien gleichzeitig auf die *sauti za usiku* (Geräusche der Nacht) zu lauschen – das Zirpen der *vijidudu* (Grillen), das entfernte Knurren eines *chui* (Leoparden). Diese Töne der Wildnis wirkten beruhigend und beängstigend zugleich, und Mercy spürte die ständige Präsenz der Natur um sich herum, wachsam und lebendig.

Am nächsten Morgen durchbrach das erste Sonnenlicht die *matawi ya miti* (Baumkronen) des Trockenwaldes und tauchte die Umgebung in ein weiches, goldenes Licht. Mwinyi machte sich bereit, die Führung zu übernehmen, und Mercy folgte ihm voller *tumaini* (Zuversicht). Er bewegte sich sicher durch die vereinzelt stehenden Bäume, stets darauf bedacht, *kimya* (leise) zu bleiben und die Zeichen der Natur zu deuten. Er wies sie unterwegs auf die *alama za wanyama* (Spuren verschiedener Tiere) hin, erklärte, wie man *njia za wanyama* (Fährten) liest und wie wichtig es ist, respektvoll Abstand zu halten.

Die Wanderung versprach, lang und beschwerlich zu werden, und Mercy wusste, dass sie ihre Kräfte auf eine harte Probe stellen würde. Doch mit Mwinyi an ihrer Seite fühlte sie sich gestärkt und voller *matumaini* (Hoffnung). Der Gedanke, dass jemand an ihrer Seite war, der die Herausforderungen dieser Wildnis kannte, gab ihr Mut und Zuversicht. Die Begegnung mit diesem ungewöhnlichen Freund hatte sie in einer Weise geprägt, die sie erst allmählich zu begreifen begann.

Die Wanderung begann, als die ersten Sonnenstrahlen das *paa la majani* (Blätterdach) des dichten Trockenwaldes durchdrangen und goldenes Licht auf den staubigen Boden warfen. Die Luft war schwer und warm, und schon nach wenigen Stunden spürte Mercy die *uchovu* (Erschöpfung) in ihren Beinen und den drückenden *kiu* (Durst), der ihre Kehle trocken und rau werden ließ. Mwinyi jedoch schritt gleichmäßig und sicher voran, in seinem Element und eins mit der Wildnis. Seine Schritte waren kaum hörbar, und immer wieder deutete er stumm auf Spuren im Sand oder auf zerbrochene Äste, die vom Durchzug der *wanyama* (Tiere) erzählten.

Plötzlich blieb Mwinyi stehen und hob die Hand, um Mercy zum Innehalten aufzufordern. Sie folgte seinem Blick, der auf einen dichten, schattigen Bereich zwischen den Bäumen gerichtet war, und entdeckte eine kleine *kundi la tembo* (Elefantenherde), die gemächlich durch das Dickicht zog. Die majestätischen Tiere bewegten sich in ruhigen, gleichmäßigen Schritten, ihre großen *masikio* (Ohren) wedelten sanft in der warmen Morgenluft, während sie mit ihren *mijomba* (Rüsseln) das grüne Laub von den Bäumen abrissen und dabei ein leises Rascheln in die Stille brachten.

„Bleib ruhig und mach keine plötzlichen Bewegungen," flüsterte Mwinyi, seine Stimme kaum mehr als ein Hauch. „*Tembo* (Elefanten) sind friedlich, solange sie sich nicht bedroht fühlen. Aber sie können sehr aggressiv werden, besonders die *mama* (Muttertiere), wenn sie ihre *vijana* (Jungen) bei sich haben."

Mercy hielt den Atem an und betrachtete die Elefanten mit ehrfürchtigem Staunen. Ihre mächtigen Körper und die sanfte Ruhe, die sie ausstrahlten, faszinierten sie. Die Tiere schienen in ihrer eigenen Welt zu sein, völlig unberührt von der Anwesenheit der beiden Menschen. Doch Mwinyis Haltung blieb angespannt, seine Augen wanderten unaufhörlich zwischen den Elefanten und der Umgebung hin und her. „Falls sie uns bemerken und sich uns nähern," flüsterte er, „bleib ruhig hinter mir und geh langsam rückwärts. *Kukimbia* (Laufen) oder *kupiga kelele* (schreien) würde sie nur alarmieren."

Nach einer Weile setzten die Elefanten ihren Weg fort und verschwanden langsam zwischen den Bäumen. Mercy und Mwinyi warteten einen Moment, bevor sie ihre Wanderung durch das Dickicht fortsetzten. Die Hitze des Tages nahm zu, die Sonne stand hoch am Himmel und brannte erbarmungslos auf sie herab. Jeder Schritt fiel Mercy schwerer als der letzte, doch sie biss die Zähne zusammen und folgte Mwinyi, der stoisch weiterging.

Am späten Nachmittag, als sie eine offene *savanna* (Savanne) erreichten, blieb Mwinyi erneut abrupt stehen und flüsterte: „*Nyati* (Büffel)." Mercy folgte seinem Blick und sah eine kleine Gruppe von Büffeln, die langsam grasend über die Ebene zog. Die massigen Tiere wirkten ruhig, aber Mwinyis Gesichtsausdruck ließ erkennen, dass dies eine Begegnung war, die mit Bedacht und Vorsicht zu behandeln war.

„Büffel sind *wasiyotarajiwa* (unberechenbar) und sehr gefährlich, besonders wenn sie sich bedroht fühlen," erklärte er und zeichnete mit einem Stock eine Linie in den Staub vor sich. „Halte immer Abstand und zeige ihnen deinen *heshima* (Respekt). Falls sie den Kopf senken oder aufstampfen, bedeutet das, dass sie sich bedroht fühlen und bereit sind anzugreifen. In einem solchen Fall geh langsam rückwärts und versuche, dich hinter einem *mti* (Baum) oder *kichaka* (Gebüsch) zu verstecken."

Mercy nickte stumm, die Anspannung war ihr anzusehen, und ihre Augen klebten an den kräftigen Tieren, die mit ihren mächtigen Körpern und imposanten Hörnern eine unverkennbare *mamlaka* (Autorität) ausstrahlten. Sie spürte, wie ihr Herz schneller schlug, während sie die rohe Kraft und das Potenzial dieser Tiere erkannte. Für einen Moment schien die Zeit stillzustehen, bis die Büffel weiterzogen, ohne ihnen Beachtung zu schenken.

Mercy atmete erleichtert aus und warf einen schnellen Blick zu Mwinyi, der ebenfalls entspannt nickte, als wollte er sagen, dass alles gut gegangen sei. Gemeinsam setzten sie ihren Weg fort, die Savanne hinter sich lassend und in das nächste Stück dichten *msitu* (Wald) eintauchend.

Die Sonne begann bereits zu sinken, und die Schatten wurden länger, als Mercy und Mwinyi das nächste Waldstück durchquerten. Die dichte, friedliche *kimya* (Stille) des Waldes wurde nur von gelegentlichem Vogelgezwitscher unterbrochen, als Mwinyi plötzlich anhielt und ihr mit einem Finger auf den Lippen bedeutete, still zu bleiben. Mercy folgte seinem Blick und entdeckte in der Ferne, zwischen den hohen Gräsern und *michaka* (Büschen), eine *simba* (Löwin), die regungslos lag und die Umgebung aufmerksam beobachtete. Die Muskeln der Raubkatze waren unter ihrem sandfarbenen Fell zu sehen, ihr Blick ruhig, aber wachsam – ein stiller Jäger, der in sich ruhte und dennoch jederzeit bereit war, in Aktion zu treten.

„*Simba* (Löwen) sind Jäger," flüsterte Mwinyi, seine Stimme kaum mehr als ein leises Rauschen. „Aber sie greifen normalerweise keine Menschen an, solange sie *wameshiba* (satt) sind und sich nicht bedroht fühlen. Doch wir sollten sehr vorsichtig sein." Er deutete auf einen schmalen *njia* (Pfad), der sie in einem Bogen um die Löwin herumführen würde. „Schau ihr nicht direkt in die *macho* (Augen)," fügte er leise hinzu. „Ein direkter Blick könnte als *changamoto* (Herausforderung) wirken. Geh langsam und leise, und bleib stets hinter mir."

Mercy nickte, die *wasiwasi* (Nervosität) spannte ihre Muskeln an, aber sie folgte seinen Anweisungen genau. Die Löwin schenkte den beiden glücklicherweise keine Beachtung und richtete ihren Blick weiterhin in die Ferne, vielleicht auf eine potenzielle *windo* (Beute), die nur sie ausmachen konnte. Mercy spürte, wie ihre Nerven zum Zerreißen gespannt waren, doch der Adrenalinschub ließ ihre *uchovu* (Erschöpfung) für einen Moment verschwinden und füllte sie mit einer ungewohnten *umakinifu* (Wachsamkeit).

Als die Sonne schließlich hinter dem Horizont versank und der Himmel sich in ein tiefes *bluu* (Blau) färbte, fanden Mwinyi und Mercy eine geschützte Stelle am Rand des *msitu* (Waldes), um ihr Lager für die Nacht aufzuschlagen. Die Dämmerung wich schnell der Dunkelheit, und die Geräusche der Wildnis wurden lauter und intensiver – das Knacken von *matawi* (Ästen), das entfernte Rufen eines *chui* (Leoparden) und das unablässige Zirpen der *vijidudu* (Grillen). Doch plötzlich vernahm Mercy ein weiteres, fremdes Geräusch, das ihr einen Schauer über den Rücken jagte: das hohe, unheimliche *kicheko* (Lachen) der Hyänen, das durch die kühle Nachtluft hallte. Die Laute wirkten zunächst wie spöttisches Gelächter, doch sie trugen eine unterschwellige Bedrohung in sich. Die Hyänenrufe schienen immer näher zu kommen, und Mercy erinnerte sich an die Geschichten, die sie als Kind gehört hatte – von *fisi* (Hyänen), die listig und gefährlich waren, ihre Beute heimlich beobachteten und dann unerbittlich zuschlugen.

Mwinyi bemerkte ihre Anspannung und legte beruhigend eine Hand auf ihre Schulter. „Du brauchst keine *hofu* (Angst) zu haben," sagte er leise und mit sanfter Bestimmtheit. „Hyänen sind zwar neugierig, aber scheu. Sie werden sich vom *moto* (Feuer) fernhalten. Solange wir das Feuer brennen lassen, sind wir sicher."

Er legte einige zusätzliche Äste ins Feuer, und die Flammen leuchteten auf, warfen tanzende Schatten über die Bäume und verwandelten die Dunkelheit um sie herum in ein flackerndes Schauspiel aus *mwanga na kivuli* (Licht und Schatten). Die Wärme des Feuers und die beruhigende Präsenz Mwinyis gaben Mercy ein Gefühl von Sicherheit. So ließ ihre Anspannung langsam nach und sie legte sich auf ihr improvisiertes Lager. Das Knistern der Flammen und das entfernte Lachen der Hyänen verschmolzen zu einem seltsamen, doch beruhigenden Rhythmus, der sie in einen leichten Schlaf wiegte.

Die Nacht war kühl, und Mercy erwachte immer wieder, als das Feuer etwas heruntergebrannt und die Schatten tiefer und unheimlicher wurden. Immer wieder lauschte sie den Geräuschen der Wildnis – dem Knacken von Zweigen, dem Rascheln von Blättern und dem gelegentlichen entfernten Brüllen eines *simba* (Löwen). Die Wildnis forderte sie heraus und erfüllte sie mit einer Mischung aus *woga na heshima* (Furcht und Ehrfurcht). Sie wusste, dass die Nacht hier den Tieren gehörte und dass sie die Grenzen respektieren musste.

„*Usiku ni ya wanyama* (In der Nacht gehört die Wildnis den Tieren)," hatte Mwinyi ihr erklärt, bevor er selbst zur Ruhe gekommen war. „Wir müssen in der Nähe des Feuers bleiben und seine Flammen hüten. Es ist unsere beste Verteidigung."

Mercy verstand nun die tiefe *hekima* (Weisheit) dieser Worte. Die Wildnis war keine feindliche Umgebung, sondern ein eigenes Reich, in dem sie als Mensch nur ein *mgeni* (Gast) war – ein Gast, der die Gesetze dieses Ortes respektieren musste, wenn er sicher durchkommen wollte. Die Nacht schien endlos, doch in Mwinyis Gesellschaft und mit dem schützenden Feuer fand Mercy die Kraft, ihre Angst zu zähmen und die unruhigen Stunden durchzustehen.

Am nächsten Morgen setzten Mercy und Mwinyi ihre Wanderung fort. Die Begegnungen mit den wilden Tieren am Vortag hatten Mercy beeindruckt und auch verängstigt, doch sie wusste, dass Mwinyis Wissen und sein Gespür für die Natur ihre einzige *usalama* (Sicherheit) in dieser unberechenbaren Wildnis waren. Trotz der Anstrengung, der Hitze und des beständigen *kiu* (Durstes) spürte sie eine tiefe *shukrani* (Dankbarkeit) – für Mwinyis Führung und die ungeahnte Kraft, die sie in sich selbst entdeckte.

Die Wanderung durch den *Hifadhi ya Kigosi* (Kigosi Nationalpark) führte sie in abgelegene Gebiete, die von Leben erfüllt waren. Die wilde Schönheit dieser *mandhari* (Landschaft) war atemberaubend und flößte Mercy gleichzeitig Ehrfurcht ein. Am Morgen, als das Licht sanft durch die *matawi ya miti* (Baumkronen) fiel, begegneten sie einer Gruppe *twiga* (Giraffen), die sich anmutig durch die dichten *miiba* (Akazienbäume) bewegten. Die hohen Hälse der Tiere ragten über das dichte Grün hinaus, und ihre großen, sanften Augen musterten Mercy und Mwinyi aus sicherer Entfernung. Einen Moment lang schien die Zeit stillzustehen, als die Giraffen verharrten und die beiden Menschen mit neugierigen Blicken musterten, bevor sie mit eleganten Schritten weiterzogen und schließlich in den Tiefen des Waldes verschwanden.

„*Twiga* (Giraffen) sind neugierig und friedlich," erklärte Mwinyi leise, während sie die majestätischen Tiere beobachteten. „Aber auch sie können gefährlich sein, wenn sie sich bedroht fühlen. Ein *mateke* (Tritt) von ihnen kann sogar einen *simba* (Löwen) töten, und ihr Kopf ist eine mächtige Waffe." Mercy staunte über die stille Stärke, die diese sanften Riesen ausstrahlten, und fühlte sich inmitten dieser unberührten Natur kleiner und zugleich beschützter als je zuvor.

Die Landschaft war abwechslungsreich und voller Überraschungen. Immer wieder stießen sie auf riesige *mawe* (Felsbrocken), die unvermittelt in der Savanne lagen und wie Monumente einer vergangenen Zeit wirkten. Dann gab es kreisrunde Inseln aus dichtem *misitu* (Baumbewuchs), die sich wie kleine *oasi* (Oasen) vom restlichen Buschland abhoben. Mwinyi hielt sie auf Abstand zu diesen geheimnisvollen Stellen und erklärte, dass solche „Inseln" oft Rückzugsorte für größere Tiere waren, die im Schatten der Bäume Schutz vor der heißen Sonne suchten. „Man weiß nie, welches Tier sich gerade darin aufhält," warnte er sie. Die Gegend strahlte eine raue, urwüchsige Schönheit aus, die Mercy in ihren Bann zog.

Als die Sonne höher stieg und die Hitze unerbittlich auf sie herabbrannte, spürte Mercy die *uchovu* (Erschöpfung) zunehmend. Ihre Beine wurden schwer, und der *kiu* (Durst) machte sich bemerkbar. Doch dann blieb Mwinyi plötzlich stehen, hob warnend die Hand und deutete auf eine Bewegung am Boden. Mercy folgte seinem Blick und entdeckte eine dicke, träge *nyoka* (Schlange), deren schuppiger Körper sich langsam über das trockene *majani* (Laub) schlängelte. Ein Schauder lief ihr über den Rücken, als sie erkannte, dass es wieder *Kiyonga* war, die tödliche Schlange wie in Namanga.

„Das ist eine Puffotter," flüsterte Mwinyi mit ernster Stimme. „Sie ist schwer und langsam, aber ihr Biss ist *hatari* (tödlich). Ihre Tarnung ist so gut, dass viele Menschen sie zu spät sehen."

Mwinyi zeigte Mercy, wie sie die charakteristische *michoro ya ngozi* (Musterung der Haut) der Puffotter erkennen konnte, die perfekt mit dem Laub verschmolz, und wies sie an, ruhig zu bleiben und *umbali* (Abstand) zu halten. „Wenn du sie entdeckst, bewege dich langsam zurück," erklärte er ruhig. „Sie greift nur an, wenn sie sich bedroht fühlt. Mach keine plötzlichen Bewegungen, sonst könnte sie angreifen."

Mercy beobachtete die Schlange mit einer Mischung aus *mvuto* (Faszination) und Angst, während das Adrenalin durch ihren Körper schoss und sie jeden Muskel anspannte. Die Worte ihres Vaters, die sie als Kind gehört hatte, klangen ihr in den Ohren nach: „Bleib weg von Kiyonga, sie bringt den Tod." Sie atmete erleichtert aus, als die Schlange schließlich im dichten *vichaka* (Unterholz) verschwand und sie ihren Weg fortsetzen konnten.

Jede Tierbegegnung prägte sich tief in Mercys Gedächtnis ein und machte die Wanderung zu einem lehrreichen, aber auch herausfordernden Abenteuer. Sie erkannte, dass die Natur voller Gefahren war, aber auch voller *hekima* (Weisheit) und unendlicher Schönheit – und dass sie nur dank Mwinyis Wissen und seiner ruhigen Führung sicher durch dieses wilde Herz Afrikas kommen konnte. Mit jeder Begegnung wuchs ihr Respekt vor der *mwitu* (Wildnis) und vor den Tieren, die sie bewohnten, und sie begann zu begreifen, dass diese Reise nicht nur ein äußerer Weg durch die Wildnis war, sondern auch eine Reise zu sich selbst.

Die unbarmherzige afrikanische Sonne stach vom Himmel, als Mercy spürte, wie ihre Kräfte allmählich nachließen. Die wenigen *vifaa vya maji* (Wasservorräte), die sie zu Beginn der Wanderung mitgenommen hatten, gingen schnell zur Neige, und der *kiu* (Durst) brannte unaufhörlich in ihrem Hals. Jeder Schritt fühlte sich schwerer an, und ihre Beine schienen aus Blei zu sein, während sie sich mühsam über den trockenen, staubigen Boden schleppte. Die Hitze flimmerte über der Landschaft, und Mercy war sich bewusst, dass sie ohne *maji safi* (frisches Wasser) nicht lange durchhalten würde.

Mwinyi, der ihre *uchovu* (Erschöpfung) bemerkt hatte, führte sie zu einem kleinen, schattenspendenden Baum. Er kniete sich neben ihr nieder und begann, an den Wurzeln bestimmter Pflanzen zu graben, die unter der Erde verborgen lagen. „Schau," erklärte er und zog eine dicke *mzizi* (Wurzel) hervor, die Feuchtigkeit in sich trug. „In der Wildnis zu überleben bedeutet, zu wissen, wo man nach Wasser suchen muss. Die Pflanzen hier speichern Wasser in ihren Wurzeln." Er zog ein *kisu* (Messer) aus seinem Gürtel, schälte die Wurzel und reichte Mercy ein Stück davon.

Vorsichtig saugte Mercy daran, und die kühle *unyevunyevu* (Feuchtigkeit) breitete sich auf ihrer Zunge aus. Der Geschmack war erdig und herb, aber die Erleichterung und der kurze Moment der Erfrischung waren überwältigend. Es war nur ein kleiner Trost inmitten der gnadenlosen Hitze, aber genug, um ihre *tumaini* (Hoffnung) neu zu entfachen und ihr die Kraft zu geben, weiterzugehen. Dankbar sah sie zu Mwinyi, der mit ruhigem Blick nickte und die Wurzel selbst ein weiteres Mal ansetzte, um Wasser zu gewinnen.

Der Tag brachte jedoch weitere *changamoto* (Herausforderungen) mit sich. Sie waren auf einem schmalen *njia* (Pfad) zwischen dichten Büschen unterwegs, als Mwinyi plötzlich abrupt stehen blieb. Ohne ein Wort zu sagen, zog er Mercy hastig zu Boden und deutete auf eine Staubwolke, die in der Ferne aufstieg. „*Tembo* (Elefanten)," flüsterte er und klang dabei ernst und angespannt. Mercy folgte seinem Blick und entdeckte bald darauf die Umrisse der riesigen Tiere, die sich in ihre Richtung bewegten.

Die Erde vibrierte unter den schweren Schritten der Elefanten, und Mercy spürte, wie ihr Herz in ihrer Brust pochte – eine Mischung aus Ehrfurcht und *woga* (Furcht). Die majestätischen Tiere schienen die Umgebung genau zu beobachten, und ihre riesigen *vivuli* (Schatten) breiteten sich wie Schutzschirme über das Land. Mwinyi legte ihr sanft eine Hand auf den Arm. „Bleib ruhig und mach keine *kelele* (Geräusche)," flüsterte er leise. „Elefanten sind friedlich, aber wenn sie sich bedroht fühlen, können sie unglaublich gefährlich werden."

Sie hockten sich hinter ein dichtes *kichaka* (Gebüsch) und verharrten regungslos. Mercy hielt den Atem an, ihre Muskeln angespannt, und wagte kaum, sich zu bewegen. Die Elefantenherde kam immer näher. Ihre massiven Körper wirkten noch gewaltiger, je näher sie kamen. Die Tiere schienen jedoch ungestört und friedlich, und nach einigen Minuten zogen sie langsam weiter und verschwanden schließlich in der Ferne.

Erst als die letzten Umrisse der Elefanten verschwunden waren, ließ Mercy ihre Schultern sinken und atmete erleichtert aus. Der Moment hatte sich tief in ihr *kumbukumbu* (Gedächtnis) eingebrannt – ein Augenblick, in dem sie die zerbrechliche Grenze zwischen Leben und Tod spürte, ein lebensbedrohlicher Augenblick, den sie nur dank Mwinyis *utulivu* (Besonnenheit) und Wissen unbeschadet überstanden hatte.

Sie standen auf, und Mwinyi half ihr, die letzten Reste Staub von ihrer Kleidung zu klopfen. Er lächelte beruhigend und führte sie weiter auf ihrem Weg. In diesem Moment wurde Mercy klar, dass diese Wanderung durch die Wildnis nicht nur eine Reise durch die afrikanische Landschaft war, sondern auch eine innere Reise – eine, bei der sie lernte, ihre Angst zu überwinden und auf die Stärke zu vertrauen, die in ihr erwachte.

Als die Abenddämmerung den Himmel in tiefrote und violette Farben tauchte, erreichten Mercy und Mwinyi endlich das tief eingeschnittene

Tal des *Mto Moyowosi* (Moyowosi Fluss). Das breite, träge Wasser glitzerte im letzten Licht des Tages, doch die friedliche Szenerie täuschte. Am Ufer wuchsen dichte *majani marefu* (Gräser), und das Plätschern des Flusses wirkte beinahe beruhigend. Doch Mwinyi zog Mercy zurück und bedeutete ihr, auf das Wasser zu achten.

„Schau genau hin," sagte er mit leiser Stimme, die vor Anspannung kaum merklich bebte. Mercy folgte seinem Blick und entdeckte, was sie zunächst für treibende *magogo* (Baumstämme) gehalten hatte. Dann bemerkte sie, dass sich diese „Stämme" mit einer unheimlichen Langsamkeit bewegten – *mamba* (Krokodile), die fast regungslos auf der Wasseroberfläche trieben, perfekt getarnt und lauernd, als wären sie Teil des Flusses selbst.

Mwinyi schüttelte langsam den Kopf und fügte hinzu: „Doch die Krokodile sind nicht das Schlimmste hier." Sein Blick wanderte flussabwärts, und Mercy sah, worauf er deutete: *Kiboko* (Flusspferde), die ihre Köpfe aus dem Wasser hoben, ihre mächtigen Mäuler öffneten und dabei ihre gewaltigen, scharfen Zähne zeigten. Das Gähnen dieser Tiere, das zunächst fast komisch wirkte, offenbarte eine tödliche Kraft, die sie erschaudern ließ.

„Wenn ich vor einem Tier in Afrika wirklich Angst habe, dann vor diesen Burschen," murmelte Mwinyi mit ernster Miene. „Einzelne, männliche Flusspferde sind gnadenlose Verteidiger ihres *eneo* (Territoriums). Sie sind hundertmal gefährlicher als *simba* (Löwen). Ein Löwe greift nur an, wenn er hungrig ist. Ein Flusspferd jedoch verteidigt sein Gebiet um jeden Preis. Sie sind schnell, kräftig und unberechenbar. Das, Mercy, macht sie so gefährlich."

Mercy konnte einen eisigen Schauer über ihren Rücken laufen spüren, als sie die massigen, unheimlich beweglichen Körper der Flusspferde beobachtete. Sie wirkte wie erstarrt und konnte nur erahnen, welche Kraft in diesen Tieren steckte – eine Kraft, die sie in einem Augenblick zerstören konnte, wenn sie sich zu nah wagte.

Sie ließ ihren Blick über das Ufer schweifen und suchte nach einer *daraja* (Brücke) oder einem Übergang, der es ihnen ermöglichen würde, den Fluss sicher zu überqueren. Doch Mwinyi schüttelte den Kopf, seine Miene betrübt. „Es scheint, ich habe einen *kosa* (Fehler) gemacht," murmelte er und seufzte leise. „Wir sind an der falschen Stelle des Flusses angekommen. Hier gibt es keine Brücke."

Enttäuschung und Erschöpfung zeichneten sich in seinem Gesicht ab. Der Plan war gewesen, an diesem Tag den Fluss zu überqueren und die Sicherheit der Hütte auf der anderen Seite zu erreichen, doch nun bedeutete das Umkehren, dass sie flussabwärts wandern mussten, um eine Brücke zu finden. Das bedeutete auch, dass sie eine weitere Nacht in der Wildnis verbringen mussten – in der Nähe des Wassers, wo die Flusspferde nachts an Land kamen, um zu fressen und ihre Reviere zu markieren.

„Wir müssen uns für die Nacht vom Fluss entfernen," erklärte Mwinyi mit ruhiger, aber ernster Stimme. „Die Flusspferde unternehmen weite Streifzüge an Land, besonders nachts. Es wäre viel zu gefährlich, hier zu bleiben."

Mercy nickte, auch wenn sie kaum die Kraft aufbringen konnte, weiterzuziehen. Gemeinsam bahnten sie sich den Weg zurück ins *msitu mnene* (dichte Dickicht), abseits des Ufers, und suchten nach einem geschützten Platz für die Nacht. Das Licht schwand, die Farben des Himmels verblassten, und bald waren sie umgeben von der Dunkelheit und den leisen, unheilvollen Geräuschen der nächtlichen Wildnis.

Mwinyi entfachte ein *moto* (Feuer), und die tanzenden Flammen warfen lange Schatten über das Lager. Sie setzten sich nebeneinander und schwiegen, jeder in Gedanken versunken. Für Mercy war dies eine der härtesten Nächte ihrer Flucht, doch die Anwesenheit von Mwinyi, seine Ruhe und sein Wissen über die Wildnis gaben ihr *nguvu* (Kraft). Sie wusste, dass sie diese schwierige Reise nur mit ihm überstehen konnte.

Als sie den Blick über die nächtliche Landschaft schweifen ließ, erkannte sie, dass ihre Angst vor den wilden Tieren und die Erschöpfung nur ein Teil ihrer Prüfung waren. Die Wildnis forderte von ihr, was sie bisher nie in sich gespürt hatte: eine *nguvu ya ndani* (innere Stärke), die sie durchhalten ließ, auch wenn alles andere dagegensprach.

Die Dunkelheit hatte sich wie eine *blanketi* (Decke) über die Landschaft gelegt, und die Flammen des kleinen *moto* (Feuers) warfen zuckende *vivuli* (Schatten) auf die Büsche und Bäume um sie herum. Das knisternde Feuer war das einzige Geräusch, das die nächtliche *utulivu* (Stille) durchbrach, abgesehen vom gelegentlichen Rascheln im *kichaka* (Gebüsch) oder dem fernen Ruf eines nachtaktiven Vogels. Doch obwohl das Feuer eine trügerische Wärme und Sicherheit bot, konnte Mercy spüren, wie *uchovu* (erschöpft) Mwinyi war. Sein Gesicht wirkte müde und angespannt, seine

Augen waren schwer, und doch blieb er wach, wachsam über das Lager gebeugt.

Es war nicht nur die körperliche Anstrengung der Reise, die ihn ermüdete. Mercy konnte sehen, dass Mwinyi sich auch Sorgen um die Sicherheit des Feuers machte. Die trockene Vegetation der Umgebung konnte ein kleines Aufflammen des Feuers in eine *janga* (Katastrophe) verwandeln. Dieser Gedanke schien ihn wachzuhalten und ließ ihn immer wieder auf die lodernden Flammen blicken, als könne er allein durch seinen Blick verhindern, dass das Feuer außer Kontrolle geriet.

Mercy, die ebenfalls die Müdigkeit in ihren Knochen spürte, trat näher zu ihm und legte ihm sanft eine Hand auf die Schulter. „Lass mich heute Nacht *linda* (wachen)," flüsterte sie. „Du hast genug getan, und du brauchst *usingizi* (Schlaf)." Sie sah das Zögern in seinen Augen, das Zögern eines Mannes, der sich daran gewöhnt hatte, immer die Verantwortung zu tragen. Aber Mercy bestand darauf, und schließlich nickte Mwinyi müde und ließ sich auf dem trockenen Boden nieder. Mit einem dankbaren *tabasamu* (Lächeln) überließ er ihr die Wache und schloss die Augen.

Die Nacht war still, und Mercy saß geduldig am Feuer, die Augen auf die Funken gerichtet, die in die dunkle Nacht aufstoben und wie kleine, verglühende Sterne im Nichts verschwanden. Ab und zu erklang das heisere Lachen einer *fisi* (Hyäne), das unheilvolle Heulen, das die Wildnis durchzog und ihr eine leise *goosebumps* (Gänsehaut) verursachte. Doch sie ließ sich nicht einschüchtern. Sie wusste, dass das Feuer die Tiere fernhielt, und mit jeder Minute, die verstrich, spürte sie eine wachsende *nguvu* (Stärke) in sich – eine Stärke, die sie in den vergangenen Tagen der Herausforderung in dieser wilden Umgebung entdeckt hatte.

Mwinyi schlief tief, und Mercy fühlte sich für einen Augenblick wie seine *mlinzi* (Beschützerin). Sie hielt Wache über ihn und über sich selbst, die Augen wachsam und das Herz fest entschlossen, die Nacht durchzuhalten und sich nicht von ihren Ängsten beherrschen zu lassen. Als die ersten Strahlen des *alfajiri* (Sonnenaufgangs) den Horizont in ein warmes, goldenes Licht tauchten, und die Dunkelheit langsam dem Morgen wich, erwachte Mwinyi. Er schien erfrischt und überrascht von der Energie, die er nach einer ruhigen Nacht geschöpft hatte.

Als er Mercys erschöpfte Gestalt bemerkte, bestand er darauf, dass sie sich nun ebenfalls ausruhte. Sie legte sich dankbar auf den Boden, und während Mwinyi über das Feuer und die Umgebung wachte, fiel sie in einen tiefen, erholsamen Schlaf. Der Morgen war friedlich, die Luft klar und kühl, und in der Ferne begann die Welt der Wildnis mit den ersten *kelele za ndege* (Rufen der Vögel) und dem Rascheln der Tiere zu erwachen.

Erst als die Sonne schon hoch am Himmel stand und die Hitze wieder an Kraft gewann, machten sich Mercy und Mwinyi auf den Weg. Sie folgten dem *mto* (Flusslauf) in sicherem Abstand, bedacht darauf, nicht in die Nähe der *kiboko* (Flusspferde) zu geraten, die das Wasser und die umliegenden Bereiche für sich beanspruchten. Die Landschaft um sie herum war von dichten, grün schimmernden *vichaka* (Büschen) und hohen *majani* (Gräsern) durchzogen, die im Licht der Sonne funkelten. Gelegentlich kreuzten kleinere Tiere wie *swala* (Antilopen) ihren Weg, die sie neugierig musterten, bevor sie leichtfüßig in die Büsche verschwanden. Bunte *ndege* (Vögel) flatterten von Ast zu Ast und erfüllten die Luft mit ihren melodischen Rufen.

Mwinyi ging voraus, sicher und selbstbewusst, und Mercy folgte ihm aufmerksam, ihre Augen und Ohren wach für jede Bewegung in ihrer Umgebung. Immer wieder hielt Mwinyi an, zeigte auf Spuren im Boden oder auf abgeknickte Äste und erklärte ihr die Bedeutung der Zeichen. „Hier," sagte er und deutete auf eine tiefe Fährte im sandigen Boden, „war letzte Nacht ein *nyati* (Büffel). Sie ziehen oft zum Fluss, um zu trinken, aber man muss immer vorsichtig sein – sie sind unberechenbar." Mercy nickte und nahm seine Worte auf wie eine *mwanafunzi* (Schülerin), die eifrig von ihrem Lehrer lernte.

Mit jedem Schritt durch das Dickicht fühlte Mercy, wie sie sich veränderte. Die Wildnis formte sie, ihre Ängste wurden kleiner, und an ihre Stelle trat ein tiefes, respektvolles Verständnis für die Natur und ihre Regeln. Sie erkannte, dass sie nur dank Mwinyis Wissen und seiner ruhigen, weisen Führung in dieser Umgebung überleben konnte. Diese Wanderung war nicht nur eine Reise durch die Wildnis, sondern auch eine Reise zu ihrer eigenen *nguvu ya ndani* (inneren Stärke) – eine Stärke, die sie immer weiter vorantrieb, trotz der Strapazen und der Gefahren, die noch vor ihr lagen.

Hoch oben in den dichten Kronen der Bäume entdeckten Mercy und Mwinyi eine Gruppe schwarz-weißer *Colobus*-Affen. Diese sprangen elegant und scheinbar mühelos in weiten Sprüngen von Ast zu Ast, ihre langen, buschigen Schwänze schwangen wie dunkle Pinsel durch das dichte Blattwerk. Die Affen schienen sich in den Höhen der Bäume völlig sicher zu fühlen, weit entfernt von den möglichen Gefahren am Boden. Mercy war fasziniert von ihrer Anmut und der Selbstverständlichkeit, mit der sie sich in ihren luftigen Höhen bewegten, als wären die Baumwipfel ihre eigene, friedliche Welt. Sie beobachtete sie mit einem Staunen, das sie seit ihrer Kindheit nicht mehr gespürt hatte – eine tiefe Bewunderung für die Eleganz dieser Tiere, die in der unendlichen Freiheit der Baumkronen lebten.

Am Boden hingegen begegneten sie einer großen Gruppe Gelber Paviane, die in sozialen Verbänden zusammenlebten und offenbar die Umgebung des Flusses als ihr Reich betrachteten. Diese *nyani* (Paviane) waren kräftig gebaut, ihre muskulösen Körper schienen sich mühelos durch das dichte *vichaka* (Buschwerk) zu bewegen, als sie methodisch die Gegend nach Nahrung durchstreiften. Mercy sah zu, wie sie geschickt *majani* (Blätter) und Früchte pflückten, ihre langen Finger nach Insekten suchten und dabei die Bodenvegetation durchwühlten. Einmal ergriff ein Pavian ein kleines Tier – ihre vielseitigen Fähigkeiten und ihre *uwezo wa kukabiliana* (Anpassungsfähigkeit) an verschiedene Nahrungsquellen beeindruckten Mercy tief. Die Paviane wirkten wie eine eingeschworene Gemeinschaft, die stets zusammenhielt, sich gegenseitig beschützte und gemeinsam nach Nahrung suchte.

Besonders angetan war Mercy vom *vijana* (Nachwuchs) der Paviane. Die Jungtiere tollten spielerisch umher, rollten sich im Gras, jagten sich gegenseitig und kletterten auf Sträucher und kleine Bäume, während sie aufgeregte Laute von sich gaben. Sie wirkten fast wie neugierige *watoto* (Kinder), die in ihrer unschuldigen Verspieltheit die Welt um sich herum erkundeten. Ein Lächeln huschte über Mercys Gesicht, als sie das lebhafte Treiben beobachtete. Fasziniert streckte sie instinktiv ihre Hand aus, als wolle sie den kleinen Affen näherkommen und vielleicht sogar berühren.

Doch Mwinyi, der die Paviane und ihr Verhalten genau beobachtet hatte, griff schnell ein und hielt sie mit einer sanften, aber festen Handbewegung zurück. „Mercy," begann er mit ruhiger, ernster Stimme, „das sind keine *wanyama wa nyumbani* (Haustiere). So niedlich und verspielt die Kleinen auch wirken mögen, das sind wilde Tiere." Sein Blick war ernst, seine Augen spiegelten jahrelange Erfahrung wider. „Die Kleinen mögen neugierig sein, aber sie werden von ihren Eltern und der Gruppe beschützt. Wenn du ihnen zu nahe kommst oder versuchst, sie zu berühren, könnten die Erwachsenen dich als *tishio* (Bedrohung) sehen. Sie sind stark, und ihre *meno* (Zähne) sind scharf. Ein Biss von ihnen kann gefährlich sein."

Er deutete auf den staubigen Boden um sie herum. „Eine *jeraha* (Wunde) hier draußen könnte ernsthafte Folgen haben. Ohne Zugang zu *dawa* (Medikamenten) oder einer schnellen Behandlung könnte das sehr schnell zu einem großen Problem werden." Seine Worte klangen wie eine eindringliche Warnung, und Mercy spürte, dass Mwinyi nicht nur theoretisch sprach – seine Erfahrung ließ keinen Zweifel daran, dass die Gefahr real war.

Mit einem nachdenklichen Nicken zog Mercy ihre Hand zurück. Sie sah die Pavianfamilie weiter an, doch dieses Mal hielt sie respektvoll Abstand. Der Gedanke, dass ein kleiner Fehler in dieser Wildnis tödliche Folgen haben könnte, machte sie *mwenye heshima* (ehrfürchtig). Die Tiere vor ihr waren Teil dieser rauen, aber faszinierenden Welt, und sie war nur eine Besucherin, die lernen musste, die Regeln der Wildnis zu respektieren.

Von da an beobachtete sie die Paviane mit einer neuen, respektvollen Distanz – ein stilles Einverständnis zwischen Mensch und Tier inmitten der wilden, unerbittlichen Natur. Die Wildnis gab und nahm, und Mercy begann zu verstehen, dass die einzige Möglichkeit, hier zu überleben, im Respekt und in der Behutsamkeit lag, mit der sie der Natur begegnete.

Nach der langen, herausfordernden Wanderung erreichten Mercy und Mwinyi endlich die Brücke über den *Moyowosi*-Fluss. Die massiven Holzträger wirkten beständig und einladend, als hätten sie unzählige Jahre dem Fluss und den Elementen getrotzt. Auf der anderen Seite stand eine kleine, einfache *kibanda* (Hütte), die Park-Rangern als Unterkunft diente. Für Mercy wirkte diese Hütte wie eine Oase der Sicherheit, eine Art *kimbilio* (Zuflucht), nach den Strapazen der letzten Tage. Die Hütte war mit frischem Wasser und einigen Grundvorräten ausgestattet – einfach, aber äußerst willkommen.

Als sie die Hütte betraten, spürte Mercy, wie die Erschöpfung der letzten Tage allmählich von ihr abfiel. Das kühle Wasser, das sie aus einem *dumu* (Kanister) schöpfte, fühlte sich wie ein Geschenk der Natur an, das ihre Lebensgeister weckte. Zusammen mit Mwinyi beschloss sie, die Nacht hier zu verbringen und neue Kräfte zu sammeln. Die Hütte bot ihnen Schutz und die seltene Möglichkeit, eine Nacht ohne ständige Wachsamkeit zu verbringen. Sie ruhten sich aus und genossen die Stille, die nur ab und an vom *mvumo wa mto* (Rauschen des Flusses) und dem gelegentlichen Ruf eines Vogels unterbrochen wurde.

Am Morgen, nach einer ruhigen Nacht und einer letzten gemeinsamen *chakula* (Mahlzeit), kam der Moment des Abschieds. Die Sonne kroch langsam über den Horizont und tauchte die Landschaft in ein warmes, goldenes Licht. Mwinyi, der seine Rolle als Mentor bis zuletzt ernst nahm, gab Mercy noch einige wertvolle Ratschläge für ihre weitere Reise. „*Kuwa macho* (Bleib wachsam), Mercy," sagte er mit ernster, aber sanfter Stimme. „Die Wildnis ist unberechenbar, aber du hast gelernt, auf dich zu vertrauen und die *alama za asili* (Zeichen der Natur) zu lesen. Vergiss nie, dass Geduld und Respekt vor der Natur dein größter Schutz sind."

Mercy war tief bewegt und spürte eine Mischung aus *heshima* (Ehrfurcht) und Dankbarkeit für diesen Mann, der ihr in ihrer dunkelsten Stunde zur Seite gestanden hatte und ihr nicht nur den Weg durch die Wildnis, sondern auch zu sich selbst gezeigt hatte. Die wertvollen Lektionen, die er ihr über die Wildnis und ihre eigene innere Stärke beigebracht hatte, würden sie für immer begleiten.

Die beiden verabschiedeten sich mit einem festen Händedruck und einem langen, wortlosen Blick voller Respekt und Anerkennung. Mwinyis Augen schienen zu sagen, dass er stolz auf sie war und Vertrauen in ihren weiteren Weg hatte. Für Mercy bedeutete dieser Abschied auch den Abschied von einer Art väterlichem Schutz, der sie durch die Wildnis geführt hatte.

Erschöpft, aber gestärkt durch die Erfahrungen und die Freundschaft mit diesem erfahrenen Ranger, machte sich Mercy allein auf den Weg. Der nächste Abschnitt ihrer Reise lag vor ihr, voller *kutokuwa na uhakika* (Ungewissheiten), aber auch voller Hoffnung und Entschlossenheit, ihr Ziel zu erreichen. Sie wusste, dass sie die Fähigkeiten und das Wissen besaß, um die kommenden Herausforderungen zu meistern. Schritt für Schritt ging sie weiter, die weite Landschaft vor ihr und das Wissen um ihre innere Stärke im Herzen, bereit, den nächsten Herausforderungen mutig entgegenzutreten.

KIBONDO, DIE LETZTE ETAPPE

Mercy spürte die Erleichterung, als sie am Mittag den Ortsrand von Ntumago erreichte. Das Dorf lag friedlich eingebettet zwischen flachen Hügeln und goldgelben Grasflächen, die in der heißen Mittagssonne flimmerten. Ntumago war ein kleiner, ruhiger Ort, dessen staubige Hauptstraße von einigen niedrigen Häusern aus rotem Lehm und Wellblech gesäumt wurde. Kinder spielten barfuß am Straßenrand, ihre fröhlichen Rufe erfüllten die Luft, während Händler unter schattigen Strohdächern Obst, Wasserflaschen und einfache Speisen verkauften. Frauen in bunten Khangas saßen zusammen und plauderten, einige der Männer lehnten an den Hütten und beobachteten die vorbeiziehenden Reisenden.

Nach den beschwerlichen Pfaden und improvisierten Wegen, die Mercy bisher genommen hatte, war die B8, die sich wie eine Lebensader durch die Region zog, ein willkommener Anblick. Diese gut ausgebaute, breite Straße war staubig, aber stabil und belebter als die Pfade, die sie bisher passiert hatte. Es war eine der wenigen Straßen in der Gegend, die eine schnelle und relativ sichere Verbindung zwischen den Städten und Dörfern bot. Die B8 war gesäumt von vereinzelten Akazienbäumen und niedrigen Sträuchern, die der Landschaft ein fast endloses, offenes Gefühl gaben.

„*Hatimaye,*" flüsterte sie erleichtert – „endlich." Sie wusste, dass diese Hauptstraße sie direkt nach Kibondo bringen würde – die Stadt, die ihrem Ziel fast greifbar nahe lag.

Am Busstand warteten Menschen geduldig in kleinen Gruppen, schützten sich mit Stofftüchern vor der Sonne und beobachteten ruhig die Ankunft und Abfahrt der wenigen Busse, die hier regelmäßig hielten. Mercy sah müde Reisende mit großen Bündeln auf dem Rücken und jungen Männern, die Wasser und Snacks an die Fahrgäste verkauften. Die warme Luft war erfüllt von Gesprächen und dem gelegentlichen Rufen der Straßenverkäufer.

Die Geräusche und das Leben um sie herum gaben Mercy das Gefühl, endlich wieder ein Stück Normalität erreicht zu haben. Sie atmete tief durch, nahm ihren Mut zusammen und trat an den Bus heran, der sie die letzten 80 Kilometer näher an das Lager und damit an ihr Ziel bringen würde.

Die Landschaft zog an ihr vorbei, doch Mercy war in Gedanken bereits bei der nächsten Etappe ihrer Reise, dem Lager, von dem sie noch viel zu wenig wusste. Sie fühlte, wie die letzten Schritte sie herausfordern würden, und doch spürte sie die Kraft, die sie auf diesem Weg gestärkt hatte. *„Tayari,"* sagte sie zu sich selbst, „ich bin bereit."

Doch plötzlich hielt der Bus abrupt an. Vor ihnen hatte sich ein Stau gebildet, und Mercy spürte ein flaues Gefühl in der Magengegend. „Wieder eine Polizeikontrolle?" fragte sie sich beunruhigt. Die Grenze zu Burundi war nicht mehr weit entfernt, was die Wahrscheinlichkeit einer Kontrolle erhöhte. Ihre Gedanken überschlugen sich: Sie war so weit gekommen, hatte so viele Gefahren überwunden – sollte ihre Flucht nun doch noch scheitern?

Angespannt blickte sie aus dem Fenster und versuchte, die Ursache des Staus zu erkennen. Schließlich erfuhr sie vom Busfahrer, dass weiter vorne eine Brücke repariert wurde und die Fahrzeuge deshalb warten mussten. Erleichtert atmete sie auf, und das Zittern in ihren Händen ließ langsam nach. Es war nur eine Baustelle, keine Bedrohung.

Erstaunlicherweise nahm keiner der anderen Passagiere Anstoß an der Verzögerung. Sie schienen die Wartezeit von über zwei Stunden hinzunehmen, als wäre sie nichts Besonderes. *„Pole pole,"* murmelte eine ältere Frau neben ihr – „nur mit der Ruhe." Die Gelassenheit der Menschen um sie herum half auch Mercy, innerlich zur Ruhe zu kommen. Nach einer Weile setzte sich der Bus wieder in Bewegung, und sie spürte, wie ihr Mut zurückkehrte.

Mercy spürte die Erleichterung tief in ihrem Inneren, als sich der Bus endlich wieder in Bewegung setzte und die Reise weiterging. Die B8 war eine gut ausgebaute Straße, und der gleichmäßige Rhythmus der Fahrt brachte eine Ruhe in ihren Geist, die sie lange nicht gefühlt hatte. Sie lehnte sich zurück, ließ ihren Blick schweifen und flüsterte leise zu sich selbst: *„Asante Mungu"* – danke, Gott. Die Gedanken, die sie während der

Wartezeit gequält hatten, wichen allmählich einer vorsichtigen Hoffnung. Sie war fast am Ziel. Kibondo war nah und danach das Lager war nun nur noch wenige Stunden entfernt.

Mit jedem Kilometer, den sie dem Ziel näherkam, mischte sich eine neue Emotion in ihre Erschöpfung: eine Mischung aus Nervosität und Erleichterung. Der Weg hierher war voller Herausforderungen gewesen, doch das Vertrauen in ihre eigene Stärke – etwas, das sie während dieser Reise entdeckt hatte – half ihr, den Moment zu genießen. Sie erinnerte sich an Mwinyis Worte: *„Kuwa macho, lakini amini uwezo wako."* („Bleib wachsam, aber vertraue auf deine Fähigkeiten.") Es waren diese einfachen Ratschläge, die ihr jetzt Mut gaben.

Als der Bus schließlich das Stadtgebiet von Kibondo erreichte, fühlte sich Mercy überwältigt von Dankbarkeit und einem leisen Stolz. Sie hatte es bis hierher geschafft, durch die Wildnis, über improvisierte Pfade, vorbei an unvorhergesehenen Hindernissen. Und jetzt, auf den letzten Kilometern, spürte sie eine neue Klarheit in ihrem Herzen: Ein Kapitel ihrer Reise lag hinter ihr, doch die Herausforderung eines Neustarts lag noch vor ihr.

Als der Bus am weit außerhalb gelegenen Bus Stand von Kibondo anhielt, nahm Mercy all ihren Mut zusammen und stieg aus. *„Haya sasa,"* murmelte sie zu sich selbst – „jetzt geht's los." Die Menschen, die sie unterwegs getroffen hatte, die Erfahrungen, die sie gesammelt hatte, und die Erkenntnisse über ihre eigene Kraft waren zu einem Teil von ihr geworden.

Mit einem tiefen Atemzug machte sie sich auf den Weg. Kibondo lag vor ihr, das Lager und ihre Zukunft in greifbarer Nähe. Der Gedanke an das, was noch kommen würde, erfüllte sie mit einer leisen Hoffnung und einer Gewissheit, die aus all den Prüfungen und Lektionen erwuchs, die sie auf dieser langen Reise durch das wilde Herz Afrikas gelernt hatte.

Als Mercy schließlich in Kibondo ankam, spürte sie eine Mischung aus Erschöpfung und Erleichterung. Die Stadt lag vor ihr – und damit auch die letzte Etappe ihrer Reise. Nur noch 15 Kilometer trennten sie vom Camp, von dem Ort, an dem sie hoffentlich endlich *„usalama"* – Sicherheit – und ein Stück Schutz finden würde.

Am Kibondo Bus Stand erfuhr Mercy, dass das UNHCR-Büro sich noch fünf Kilometer entfernt im Zentrum der Stadt befand. Erschöpft, aber entschlossen, setzte sie ihren Weg „*pole pole*" – langsam und bedächtig – zu Fuß fort. Nach dem 2-stündigen staubigen Marsch tauchten schließlich die charakteristischen Gebäude mit den blauen Dächern am Horizont auf – das UNHCR-Büro, die letzte Station vor dem Camp. Ihr Herz schlug schneller, während sie auf das Gebäude zuging, denn sie wusste, dass hier die formale Registrierung auf sie wartete, die ihren Status als Flüchtling offiziell machen würde. Dann würde sie nicht länger „*haramu*" – illegal – sein. Die Angst vor der Polizei hätte dann endlich ein Ende.

Im Inneren des UNHCR-Komplexes herrschte reger Betrieb. Die Angestellten waren mit verschiedenen Neuankömmlingen beschäftigt, und Mercy wartete geduldig, bis sie an der Reihe war. Schließlich rief man sie in einen Raum, in dem die ersten Schritte zur Registrierung eingeleitet wurden. Ein freundlicher Beamter erklärte ihr den Ablauf und erläuterte ihr ihre Rechte und Pflichten als Flüchtling.

Dann kam eine Frage, die sie kalt erwischte: „Sie sind schon mehr als sieben Tage in Tansania?" Ohne nachzudenken, antwortete Mercy intuitiv: „*Hapana*" – Nein. Sie ahnte, dass diese Frage von Bedeutung war, auch wenn ihr die Tragweite noch nicht ganz bewusst war.

Der Beamte nickte und fuhr fort: „Flüchtlinge sind verpflichtet, sich innerhalb von sieben Tagen nach der Einreise registrieren zu lassen. Wenn das versäumt wird, erlischt der Anspruch auf politisches Asyl, und der Flüchtling gilt als illegal." Mercy schluckte schwer. Sie verstand nun, warum sie vorsichtig hatte sein müssen – jede Verzögerung, jede falsche Angabe hätte ihr „*shida kubwa*" – ernsthafte Schwierigkeiten – bereiten können.

Nach der Registrierung erhielt sie einen vorläufigen Passierschein, der ihr den legalen Aufenthalt und die Weiterreise zum Camp ermöglichte. Mit einem Gefühl der Erleichterung verließ sie das Gebäude. Endlich war sie offiziell auf ihrem Weg ins Nduta Camp. Die Straßen lagen nun sicher vor ihr, und das Ziel schien zum Greifen nah.

Der Weg zum Nduta-Flüchtlingslager gestaltete sich für Mercy wesentlich einfacher als die bisherigen Etappen ihrer Flucht. Mit dem vorläufigen Passierschein und der Unterstützung durch das UNHCR konnte sie einen Platz in einem organisierten Transport erhalten – ein gesicherter Bus der Hilfsorganisationen.

IM NDUTA CAMP

Am Eingang des Nduta-Flüchtlingslagers herrschte eine Atmosphäre von geschäftiger Organisation und wohltuender Ordnung. Mitarbeiter des UNHCR und von Partnerorganisationen empfingen die Neuankömmlinge und wiesen sie in die ersten Schritte der Aufnahmeprozedur ein. Die Gesichter der Helfer strahlten eine beruhigende *usalama* (Sicherheit) aus, die Mercy nach den Strapazen ihrer Reise als äußerst willkommen empfand. Hier war sie nicht mehr „*pekee yake*" (allein und auf sich gestellt) die Menschen um sie herum wirkten entschlossen und strukturiert.

Nach der ersten Begrüßung durchliefen die Neuankömmlinge eine Sicherheitsüberprüfung. Dies war ein wichtiger Bestandteil der Aufnahmeprozedur, um die Sicherheit im Lager zu gewährleisten. Die Beamten überprüften Identitäten, durchsuchten Taschen und persönliche Gegenstände und stellten sicher, dass keine gefährlichen Gegenstände ins Lager gelangten. Mercy fand diese Prozedur zwar ungewohnt, doch sie verstand, dass sie im *maslahi ya wote* (im Interesse aller) durchgeführt wurde.

Die gut organisierte Aufnahme und die Gewissheit, dass hier Sicherheitsvorkehrungen getroffen wurden, gaben ihr ein Gefühl von *uthabiti* (Stabilität), das sie lange nicht mehr verspürt hatte. Schritt für Schritt führte der strukturierte Prozess die Neuankömmlinge weiter ins Lager, wo Mercy schließlich Zugang zu den grundlegenden Hilfsdiensten und weiteren Schritten der Registrierung erhalten würde.

Nachdem Mercy und die anderen Neuankömmlinge die Sicherheitsüberprüfung passiert hatten, wurden sie zur vorläufigen Registrierung geleitet. Hier begann der nächste Schritt in einem umfassenden Prozess, der sicherstellen sollte, dass jede Person dokumentiert und in das System des Lagers aufgenommen wurde. Die Mitarbeiter führten eine erste *usajili*

(Aufnahme) durch, in der grundlegende Informationen zu Identität und Herkunft festgehalten wurden. Mercy beantwortete Fragen zur Dauer ihrer Flucht, den Orten, die sie durchquert hatte, und den Gründen, die sie nach Nduta gebracht hatten.

Direkt im Anschluss an die Registrierung wurden alle Neuankömmlinge einem Gesundheitscheck unterzogen. Ein Team aus Ärzten und Pflegepersonal arbeitete effizient, um den *hali ya mwili* (körperlichen Zustand) jedes Einzelnen zu beurteilen. Sie führten grundlegende Untersuchungen durch, überprüften die Vitalwerte und achteten auf Symptome, die auf Krankheiten hinweisen könnten, die sich in beengten Verhältnissen schnell verbreiten. Besonders Kinder und ältere Menschen erhielten besondere Aufmerksamkeit, und Impfungen gegen Masern und Polio wurden allen angeboten. In Lagern wie Nduta, in denen die Menschen oft auf engem Raum zusammenlebten, stellte dies eine entscheidende *kinga* (Präventionsmaßnahme) dar.

Als Mercy an der Reihe war, bemerkte das medizinische Personal sofort ihre schmale Statur und ihr ausgezehrtes Äußeres. Mit 42 Kilogramm bei einer Größe von 1,64 Metern wurde sie als stark untergewichtig eingestuft. Der Arzt warf ihr einen besorgten Blick zu und wies das Team an, ihr zusätzliche Nahrungsergänzungsmittel bereitzustellen, um ihren geschwächten Zustand zu stabilisieren. Mercy fühlte sich zwar ein wenig verlegen unter der Aufmerksamkeit, war aber auch erleichtert, dass ihr Zustand hier ernst genommen wurde und sie *msaada* (Unterstützung) erhielt. Ihre Wunden wurden sorgfältig versorgt.

Nach dem Gesundheitscheck wurde Mercy mit anderen Neuankömmlingen in einem provisorischen *kambi ya muda* (Auffanglager) untergebracht. Hier gab es einfache Zelte und Matten auf dem Boden, die den Neuankömmlingen einen vorübergehenden Schlafplatz boten, bis eine feste Unterkunft zugeteilt werden konnte. Die Nacht im Auffanglager war ungewohnt und nicht gerade komfortabel, aber nach den entbehrungsreichen Tagen und Wochen ihrer Flucht empfand Mercy dennoch eine gewisse *faraja* (Geborgenheit). Endlich hatte sie einen Platz, an dem sie für eine Nacht ruhig schlafen konnte, ohne Angst vor Verfolgung.

Die erste Mahlzeit im Lager war einfach, aber für Mercy bedeutete sie alles. Die Nahrung bestand aus einer nahrhaften Brei-Mischung, Bohnen und etwas Gemüse, dazu frisches Wasser. Der Geschmack war schlicht, doch Mercy genoss jeden Bissen. Die Wärme der Speise schien ihren erschöpften Körper von innen heraus zu stärken. Die Nahrung gab ihr nicht nur die dringend benötigte Energie, sondern auch ein Gefühl von Hoffnung und *usalama* (Sicherheit) ein erster Schritt auf dem Weg zur Erholung und Stabilität.

In dieser Nacht, mit einem vollen Magen und einem Dach über dem Kopf, verspürte Mercy zum ersten Mal seit Langem einen Hauch von *matumaini* (Zuversicht). Trotz der provisorischen Umgebung fühlte sie sich aufgenommen und geschützt. Sie wusste, dass die Reise noch lange nicht vorbei war und dass viele Herausforderungen auf sie warteten, aber in diesem Moment schöpfte sie neue Kraft, bereit, ihre Zukunft in die eigenen Hände zu nehmen.

Nach der vorläufigen Aufnahme und dem Gesundheitscheck folgte für Mercy und die anderen Neuankömmlinge der Schritt zur vollständigen Registrierung beim UNHCR. In einem speziellen Zelt mit Computern und biometrischen Geräten wurden die Flüchtlinge nacheinander erfasst. Ein Mitarbeiter erklärte den Ablauf geduldig und nahm sich Zeit, die Wichtigkeit der biometrischen Daten zu erläutern. Für viele Flüchtlinge, die ihre Identitätsdokumente auf der Flucht verloren hatten, bot dieser Prozess eine gewisse *usalama* (Sicherheit) hier wurde ihre Existenz offiziell dokumentiert.

Während der Registrierung wurden Fingerabdrücke und andere biometrische Daten, wie ein Foto und Augen-Scans, erfasst. Diese Informationen waren entscheidend, um die Identität der einzelnen Personen festzustellen und sicherzustellen, dass sie nicht übersehen oder im System verloren gingen. Die biometrische Erfassung half zudem, eine organisierte und gerechte Versorgung zu gewährleisten, indem Doppelregistrierungen vermieden wurden.

Nach der erfolgreichen Erfassung erhielt jeder Neuankömmling eine Art temporäres *kitambulisho* (Ausweisdokument) als offiziellen Nachweis, dass er im Flüchtlingslager registriert war. Dieses Dokument war von zentraler Bedeutung: Es ermöglichte den Zugang zu den verschiedenen Hilfsdiensten im Lager, darunter medizinische Versorgung, psychosoziale Unterstützung und wichtige Nahrungsmittelrationen.

Für Mercy bedeutete dieses Dokument eine große Erleichterung. Sie hielt das Papier fest in ihren Händen, spürte das Gewicht dieser neuen Identität und die Sicherheit, die es ihr bot. Zum ersten Mal seit Beginn ihrer Flucht hatte sie das Gefühl, Teil eines Systems zu sein, das ihr *msaada na ulinzi* (Schutz und Unterstützung) bieten würde. Das Ausweisdokument gab ihr auch das Recht, an Verteilungen von Lebensmitteln und anderen Hilfsgütern teilzunehmen – ein lebenswichtiger Schritt, um ihr Überleben zu sichern.

Mit diesem Dokument und der offiziellen Registrierung beim UNHCR war Mercy nun eine anerkannte Person im Lager, eine unter vielen, aber dennoch mit einer individuellen Identität und einer kleinen, aber wertvollen Garantie auf Schutz und Unterstützung.

Nach der Registrierung und der Ausstellung des Ausweisdokuments wurden die neu angekommenen Flüchtlinge, einschließlich Mercy, zu einem Bereich des Lagers geführt, der für vorübergehende Unterkünfte vorgesehen war. Dort standen Gemeinschaftszelte und Übergangsunterkünfte, die eng belegt waren und wenig Privatsphäre boten, doch sie waren ein erster sicherer *kimbilio* (Zufluchtsort) nach der entbehrungsreichen Flucht. Mercy erhielt eine Schlafstätte in einem der Gemeinschaftszelte, das sie mit mehreren anderen Frauen teilen musste. Die Enge und die Fremde um sie herum waren gewöhnungsbedürftig, aber sie war froh, endlich an einem Ort zu sein, der ihr zumindest für den Moment Sicherheit versprach.

Mitarbeiter des Lagers verteilten Grundausstattungen an die Neuankömmlinge, und Mercy erhielt eine dünne Matratze, eine Decke, etwas Seife, sowie einige Kochutensilien – einfache Töpfe und Löffel, die ihr ermöglichten, sich selbst zu versorgen. Diese Gegenstände waren einfach, aber in ihrer Situation unbezahlbar, da sie die Grundbedürfnisse abdeckten, die sie in den letzten Tagen und Wochen oft entbehren musste. Für Mercy war jeder dieser Gegenstände ein Schritt zurück in Richtung Normalität.

Am selben Tag wurde eine erste Lebensmittelration bereitgestellt. Die Verteilung wurde vom World Food Programme (WFP) organisiert. Mercy erhielt eine Basisration aus Maismehl, Bohnen, Speiseöl und Salz – Grundnahrungsmittel, die ihr halfen, ihre Kräfte zurückzugewinnen. Das Kochen der Mahlzeiten in den Gemeinschaftsbereichen war eine neue Erfahrung für sie, die das *umoja* (Gemeinschaftsgefühl) im Lager, aber auch die Realität des Lagerlebens widerspiegelte.

Obwohl die Rationen einfach waren, spürte Mercy eine große Dankbarkeit für die Versorgung. Die Verteilung der Lebensmittel und die großzügige Hilfe durch die Organisationen im Lager gaben ihr das

Gefühl, dass sie trotz ihrer prekären Situation nicht allein war. Sie wusste, dass dies nur ein Anfang war und dass sie hier nur vorübergehend verweilen konnte, aber die Sicherheit und Struktur des Lagers gaben ihr die Kraft, den nächsten Schritt zu planen.

Am nächsten Tag wurden Mercy und die anderen Neuankömmlinge in einer Ansprache offiziell im Lager willkommen geheißen. UNHCR-Mitarbeiter und Freiwillige führten sie durch das Lager und erklärten die verschiedenen „*huduma*" (Dienstleistungen), die ihnen zur Verfügung standen. Die Orientierung half ihnen, sich in der neuen Umgebung zurechtzufinden und einen Überblick über die wichtigen Unterstützungsangebote zu gewinnen. Mercy erfuhr, wo die *kituo cha afya* (Gesundheitsstation) lag, die für medizinische Versorgung und Notfälle zuständig war. Ihr wurde auch gezeigt, wo sich die Wasserstellen und *vyoo* (Sanitäranlagen) befanden. Diese einfachen, aber gut strukturierten Einrichtungen waren so gestaltet, dass sie den Bedürfnissen der großen Flüchtlingsgemeinschaft gerecht wurden.

Besonders betont wurde die Möglichkeit, *msaada wa kisaikolojia* (psychosoziale Unterstützung) in Anspruch zu nehmen. Viele der Flüchtlinge, darunter auch Mercy, hatten während ihrer Flucht *mambo mabaya* (schreckliche Erfahrungen) gemacht, und das UNHCR erkannte die Notwendigkeit, diesen Menschen psychologische Hilfe anzubieten, um das Erlebte besser zu verarbeiten. Mercy bemerkte, wie wichtig diese Unterstützung für viele andere im Lager war, die ähnliche Verluste und Ängste durchlebt hatten.

Für besonders gefährdete Menschen im Lager gab es zusätzliche Unterstützung. Unbegleitete *vijana* (Minderjährige) wurden registriert und an Betreuer vermittelt, die ihnen eine sichere Unterkunft und spezielle Betreuung boten. Schwangeren Frauen wurde eine gesonderte medizinische Versorgung angeboten, und ältere Menschen erhielten Zugang zu altersgerechten Diensten. Mercy, die ihre Reise allein angetreten hatte, wurde darüber informiert, dass es im Lager auch spezielle Programme für *wanawake walio peke yao* (alleinreisende Frauen) gab, die zusätzliche Sicherheit und Beratung boten.

Diese Informationen gaben ihr ein Gefühl von *muundo na usalama* (Struktur und Sicherheit). Trotz der ungewohnten Umgebung und der Vielzahl an neuen Regeln und Vorschriften spürte sie, dass das Lager darauf ausgerichtet war, allen Bewohnern eine stabile, unterstützende Gemeinschaft zu bieten.

Nachdem Mercy die Aufnahmeprozedur im Nduta-Flüchtlingslager durchlaufen hatte und ihre Registrierung abgeschlossen war, wurde ihr schließlich eine feste Unterkunft zugewiesen. Für viele Neuankömmlinge war dies ein bedeutender Schritt – ein kleines Stück *utulivu* (Stabilität) inmitten der Unsicherheit ihres Lebens als Flüchtlinge.

Mercy wurde einem Schlafsaal für Frauen zugeteilt, einem einfachen *nyumba* (Haus), das sie sich fortan mit fünf anderen Frauen teilte. Die Unterkunft war spartanisch, aber funktional: einfache Betten mit dünnen *magodoro* (Matratzen), eine *blanketi* (Decke) und Kissen für jede Bewohnerin sowie ein kleiner Gemeinschaftsbereich für die Frauen. Diese neue Bleibe bedeutete für Mercy eine gewisse *usalama* (Sicherheit) und die Möglichkeit, in einer Gemeinschaft von Frauen einen geschützten Rückzugsort zu finden.

Die fünf anderen Frauen, die bereits in der Unterkunft lebten, hatten ebenfalls *hadithi ngumu* (eine Geschichte voller Herausforderungen) hinter sich. Alle anderen Frauen kamen aus Burundi, aber alle teilten die Erfahrung von Flucht und Verlust. Die Verständigung war schwierig, da diese Frauen nur Kirundi sprachen und kein Swahili verstanden.

Mercy bemerkte, dass diese einfache Unterkunft mehr war als nur ein Dach über dem Kopf – es war ein Ort der gegenseitigen Unterstützung und des gemeinsamen Überlebens. Hier, in diesem kleinen Schlafsaal, begann sie langsam zu hoffen, dass der Zusammenhalt und das *ufahamu* (Verständnis) unter den Frauen ihr helfen könnten, die Erlebnisse der letzten Wochen zu verarbeiten und neue Hoffnung zu schöpfen.

Am vierten Tag fand das erste Interview mit einem Kommissar statt, eine der formalsten und einschüchterndsten Begegnungen, die Mercy bisher im Lager erlebt hatte. Sie wurde in einen kargen Raum mit einem einfachen Tisch und zwei Stühlen geführt, was sie sehr an das Polizeiverhör in Nairobi erinnerte. Der Kommissar, ein Mann mit „*macho makali*" (strengen Augen) und einem unnachgiebigen Ausdruck, saß bereits wartend da. Die Fenster ließen nur wenig Licht herein, und die kühle Atmosphäre verstärkte Mercys Nervosität.

Der Kommissar begann mit grundlegenden Fragen zu ihrer Person und Herkunft. Seine Stimme war ruhig, aber scharf, und er ließ keine

Nuance ihrer Antworten unbemerkt. *"Jina lako? Umetoka wapi? Umri wako?"* (Ihr Name? Herkunft? Alter?) fragte er, den Stift bereit, um jeden ihrer Atemzüge festzuhalten. Mercy antwortete mit leiser, aber fester Stimme, bemüht, keine *wasiwasi* (Nervosität) preiszugeben.

Als er schließlich auf die Gründe ihrer Flucht zu sprechen kam, zögerte Mercy einen Moment. Sie spürte den bohrenden Blick des Kommissars und wählte ihre Worte sorgfältig. Sie erklärte ihm die bedrohliche Situation in Kenia, die Angst vor Verfolgung, die fehlende Sicherheit in ihrem Heimatland. Der Kommissar kommentierte ihre Aussagen nicht, sondern nickte nur knapp und fuhr fort.

Dann kam die Frage, die Mercy befürchtet hatte: *"Kwa muda gani umekuwa Tanzania?"* – (Wie lange sind Sie bereits in Tansania?) Sie wusste ja inzwischen, dass diese Frage entscheidend war, also antwortete sie: *"Siku tatu tu"* (nur drei Tage). Ihre Stimme klang fest, doch in ihrem Inneren tobte eine Mischung aus Nervosität und Hoffnung, dass ihre Antwort nicht hinterfragt würde.

Der Kommissar legte den Stift kurz zur Seite und sah sie scharf an. „Drei Tage? Sie sind also in nur drei Tagen von Nairobi bis hierher gereist?" Sein Ton trug mehr als nur einen Hauch von Skepsis, und Mercy spürte, wie ihr Herz schneller schlug.

"Ndiyo," (Ja) antwortete sie mit Nachdruck und hoffte, dass ihre Entschlossenheit überzeugend wirken würde.

Der Kommissar zog die Augenbrauen hoch und lehnte sich leicht zurück. „Das klingt wenig realistisch angesichts der vielen Kontrollen auf dem Weg. Wie konnten Sie daran vorbeikommen?" Sein Blick hielt sie fest, und Mercy wusste, dass sie keinen Raum für Zweifel lassen durfte.

"Nilijificha ndani ya lori" (im Laderaum eines LKW), sagte sie ruhig, obwohl ihr Herz raste. Sie spürte, dass der Kommissar nach Zeichen von Unwahrheit suchte, nach irgendeinem Zögern, das ihre Geschichte entkräften könnte.

Der Kommissar nickte langsam und nahm seinen Stift wieder zur Hand. „Und warum haben Sie nicht bereits in Namanga Asyl beantragt?"

Mercy holte tief Luft und erklärte ihm ihre Gründe, weiter ins Landesinnere zu reisen. Sie sprach von der Angst vor *kukataa* (Ablehnung), der Unsicherheit in Grenzstädten und dem Risiko, dass man sie nach Kenia zurückschicken würde. Sie erzählte ihm, dass sie sich in einem Camp mit Nicht-Regierungsorganisationen (NGOs) mehr Hoffnung auf *msaada*

(Unterstützung) erhofft hatte. Mit jedem Wort spürte sie, wie sie einen Teil ihres Schicksals in die Hände des Kommissars legte und ihre Beweggründe so nachvollziehbar wie möglich darstellte.

Der Kommissar hörte aufmerksam zu, machte gelegentlich Notizen, doch sein Gesicht verriet nichts. Nach einer Weile legte er seinen Stift zur Seite und erhob sich langsam. „Das ist erst einmal alles für heute," sagte er, während er die Papiere zusammenräumte. Seine Stimme war ruhig, aber distanziert, und Mercy konnte nicht erkennen, was er von ihrer Erklärung hielt.

„*Nitachunguza kila kitu*" (Ich werde alle Aussagen überprüfen), fügte er hinzu und nickte knapp, bevor er den Raum verließ. Mercy blieb zurück und lehnte sich erschöpft auf ihrem Stuhl zurück, den anstrengenden Druck des Verhörs noch in den Knochen.

Mercy hatte das Nduta-Flüchtlingslager mit der Hoffnung auf Sicherheit und einen Neuanfang betreten. Doch schnell wurde ihr klar, dass der Alltag hier von Härte und Entbehrungen geprägt war.

Die meisten der über 90.000 Bewohner des Lagers stammten aus Burundi, während Mercy aus Kenia kam. Diese Unterschiede in Sprache und Kultur schufen eine unsichtbare Barriere, die sie isoliert und fremd fühlen ließ. Die Kommunikation war mühsam, da die meisten ihrer Mitbewohner Kirundi sprachen, und Mercy kämpfte mit der Einsamkeit, die die sprachliche Distanz mit sich brachte. Die kulturelle Isolation verstärkte das Gefühl der Entwurzelung, das in einem fremden Land besonders schwer auf ihr lastete.

Die Lebensbedingungen im Lager waren herausfordernd. Unterkünfte bestanden aus einfachen Zelten oder provisorischen Hütten, die kaum Schutz vor den Elementen boten. Die sanitären Einrichtungen waren unzureichend, und Krankheiten breiteten sich aufgrund der engen Verhältnisse leicht aus. Nahrungsmittelrationen waren knapp, und die täglich verteilten Portionen stillten kaum den Hunger, der viele Flüchtlinge plagte. Die medizinische Versorgung war überlastet; oft standen nur wenige Medikamente zur Verfügung, und die Zahl der unbehandelten Fälle wuchs.

In dieser Enge und unter diesen Bedingungen kam es häufig zu Spannungen und Konflikten. Die Traumata der Flucht, die kulturellen Unterschiede und die ständige Entbehrung machten das soziale Gefüge des

Lagers fragil. Mercy versuchte, sich mit ihren Mitbewohnern zu arrangieren, doch der Mangel an gemeinsamen Worten machte es schwer, Verständnis und Zusammenhalt zu finden.

Jeder Tag wurde für Mercy zu einem Kampf ums Überleben. Die Hoffnung auf ein besseres Leben schien in weite Ferne gerückt, und das Lagerleben stellte ihre körperliche und seelische Widerstandskraft auf eine harte Probe. Sie hoffte auf Erleichterung, als sie schließlich zum Arzt gerufen wurde. Die knappen Nahrungsmittelrationen hatten ihren ohnehin geschwächten Körper zermürbt, und ihre Rippen zeichneten sich unter der Haut ab. Der Hunger war ein ständiger Begleiter.

Der Arzt sah ihren Zustand und reichte ihr ein paar Nahrungsergänzungsmittel und Vitaminpillen. Sie hoffte, dass diese zumindest einen kleinen Unterschied machen würden. Doch als Mercy zu ihrem Schlafplatz zurückkehrte, stockte ihr der Atem: Ihre wenigen Lebensmittelvorräte waren verschwunden. Das Brot, das Maismehl und das wertvolle Öl – alles war gestohlen. Der Schock und die Verzweiflung überkamen sie, und sie fühlte sich ohnmächtig.

In ihrer Not wandte sich Mercy an die Lagerverwaltung. Doch die Antwort war ein resigniertes Schulterzucken. *„Hili hutokea mara nyingi hapa,"* (Das passiert hier oft) meinte der Verwaltungsangestellte nur gleichgültig. Die Leere in seinen Augen traf sie fast so sehr wie der Diebstahl selbst. In einer Welt, in der jeder Bissen zählte, schien der Verlust ihrer Rationen niemanden zu kümmern.

Verzweifelt ging sie erneut zum Arzt. Er sah den Ausdruck der Erschöpfung und des Schmerzes in ihren Augen und schien einen Moment zu zögern, bevor er ihr weitere Vitaminpillen und Nahrungsergänzungsmittel reichte. *„Hii haitatosha sana,"* sagte er leise – „Das wird nicht viel helfen, aber vielleicht gibt es dir etwas Energie." Doch Mercy wusste, dass diese Pillen ihren knurrenden Magen nicht füllen würden. Der Hunger blieb, und sie fühlte sich mehr denn je gefangen in einem endlosen Kreislauf von Entbehrung und Mangel.

In dieser Nacht fühlte sie sich in die Einsamkeit des Lagers geworfen, und doch keimte ein Funke von Entschlossenheit in ihr auf. Sie würde den Weg finden müssen, durch diesen unerbittlichen Alltag zu kommen, irgendwie die Kraft aufbringen, um weiterzumachen.

In der Dunkelheit dieser Nacht saß Mercy allein und kämpfte gegen die Tränen. Die harte Realität des Lagerlebens lastete schwer auf ihr, und die Hoffnung auf *usalama* (Sicherheit) und einen Neuanfang schien erneut in weiter Ferne. Während die anderen im Schlafsaal schliefen, blieb sie wach und fand in der Stille eine neue Entschlossenheit. Sie spürte, dass es nicht nur um das Überleben inmitten von Hunger und Kälte ging, sondern auch darum, das Gefühl des kukwama (Gefangenseins) zu überwinden, das sie hier in einem endlosen Niemandsland empfand.

Das Leben im Flüchtlingslager war alles andere als ein sicherer Hafen. Jeden Tag wurde Mercy bewusst, wie stark die Bedingungen auf das Gemüt drückten. Besonders die täglichen Konflikte mit den anderen Frauen im Schlafsaal, allesamt aus Burundi, machten das ohnehin schwierige Leben noch unerträglicher. Die Enge und der Mangel an Privatsphäre schürten Spannungen, und jede Kleinigkeit konnte zu einem heftigen Streit eskalieren.

Eine der größten Herausforderungen war der Zugang zu Wasser. Häufig reichte die Wasserversorgung nicht aus, und die Frauen standen in langen Schlangen, um ihre Eimer zu füllen. Wenn das Wasser schließlich ankam, brach nicht selten ein Streit darüber aus, wer zuerst an die Reihe kam. Mercy musste oft beobachten, wie Frauen ihre Plätze mit lauten Worten verteidigten, manchmal sogar handgreiflich wurden. Einmal, als Mercy versuchte, sich etwas Wasser zu holen, wurde sie von einer älteren Frau scharf zurechtgewiesen: *„Wageni hawana haki nyingi hapa"* (Neuankömmlinge haben hier weniger Rechte). Es war eine schmerzhafte Lektion, die ihr zeigte, dass selbst die grundlegendsten Bedürfnisse hier zu Konflikten führen konnten.

Auch die knappen Lebensmittelrationen sorgten für Spannungen. Frauen, die für ihre Familien sorgten, verteidigten ihre Rationen erbittert, und es kam oft zu *wizi wa chakula* (Lebensmitteldiebstahl). Mercy spürte dies besonders schmerzhaft, nachdem ihr eigenes Essen entwendet worden war. Das enge Zusammenleben bedeutete, dass jede Frau genau wusste, wer was besaß, und dies weckte Neid und Misstrauen. Mercy lernte, ihre wenigen Habseligkeiten sorgfältig zu verstecken, um nicht erneut Opfer eines Diebstahls zu werden.

Ein weiteres Konfliktfeld war die Nutzung der Gemeinschaftstoiletten und -duschen. Die hygienischen Bedingungen waren oft schlecht, und die Warteschlangen lang. Frauen drängten sich verzweifelt nach vorne, um sich und ihre Kinder waschen zu können, was immer wieder zu hitzigen Auseinandersetzungen führte. Die fehlende Sauberkeit und die Enge verstärkten das bedrückende Gefühl, dass selbst die grundlegende Würde verletzt wurde.

Die kulturellen Unterschiede zwischen Mercy, einer Kenianerin, und den Frauen aus Burundi stellten eine zusätzliche Barriere dar. Die Sprach- und Kulturunterschiede führten oft dazu, dass die Frauen aus Burundi eigene Gruppen bildeten, in die Mercy keinen Zugang hatte. Sie wurde als *mgeni* (Fremde) behandelt und spürte das Misstrauen in den Blicken der anderen. Ihre Versuche, Gespräche zu führen oder sich an gemeinsamen Aufgaben wie Kochen oder Wäschewaschen zu beteiligen, wurden häufig mit kühler Ablehnung beantwortet, was sie immer wieder daran erinnerte, dass sie hier keinen Rückhalt hatte.

Besonders belastend war die Spannung zwischen alleinstehenden Frauen wie Mercy und Frauen mit Familien. Die alleinerziehenden Mütter und Frauen mit Kindern kämpften um Ressourcen für ihre Familien und sahen alleinstehende Frauen oft als *washindani* (Konkurrentinnen) um die knappen Vorräte und Schlafplätze. Mercy spürte die misstrauischen Blicke der Mütter auf sich, als wäre sie ein Eindringling, der ihnen etwas wegnehmen könnte.

Diese ständigen Konflikte und Spannungen raubten Mercy die Kraft, die sie so dringend zum Überleben brauchte. Der tägliche Kampf um Nahrung, Wasser und ein wenig Privatsphäre machte das Leben im Lager zu einem einzigen *kamba nyembamba* (Drahtseilakt), bei dem jede Bewegung und jedes Wort missverstanden und zu einem Streit führen konnte. Mercy lernte, sich unauffällig zu verhalten, Konflikten aus dem Weg zu gehen und sich still zurückzuhalten – eine einsame und anstrengende Strategie, um im Lager zu bestehen. Der harte Lageralltag und die feindselige Umgebung ließen es fast unmöglich erscheinen, Ruhe zu finden, und das Wissen, dass jede Nacht neue Herausforderungen brachte, machte die Tage zu einem endlosen Überlebenskampf.

Das zweite Interview fand unter völlig anderen Bedingungen statt. Der Tonfall des Kommissars hatte sich drastisch verändert, und Mercy spürte sofort, dass dies kein Gespräch wie beim ersten Mal werden würde. Die Fragen begannen erneut bei den Grundlagen: ihrem Namen, ihrer Herkunft und den Gründen für ihre Flucht. Doch diesmal blieb der

Kommissar nicht bei oberflächlichen Informationen stehen – er bohrte nach, immer wieder, mit einer unnachgiebigen Schärfe, die Mercy verunsicherte.

„Der Sturm auf das Parlament war am 25. Juni 2024," sagte er kühl, während er ihr direkt in die Augen sah. „Und heute schreiben wir den 16. August. Wo waren Sie die ganze Zeit?"

Mercy spürte, wie ihr Herz schneller schlug. Sie hatte das Gefühl, jede ihrer Antworten würde sofort als Lüge oder Ausflucht interpretiert werden. Sie zwang sich zu einer ruhigen Stimme: *„Nilijificha kwa rafiki yangu katika Athi River."* (Ich habe mich bei einer Freundin in Athi River versteckt.)

Der Kommissar ließ nicht locker, seine Augen verengten sich, als ob er nach einem Schwachpunkt in ihrer Antwort suchte. „Und diese Freundin – hat sie einen Namen? Wo genau wohnt sie? Welche Kleidung trug sie am Tag, als Sie zu ihr kamen?"

Mercy schluckte schwer. Diese Fragen waren unerwartet und bis ins kleinste Detail präzise. Es fühlte sich an, als versuche der Kommissar gezielt, sie aus dem Konzept zu bringen und eine widersprüchliche Aussage zu provozieren. Sie antwortete zögernd, aber der Kommissar warf sofort die nächste Frage ein, ohne ihr die Möglichkeit zu geben, zur Ruhe zu kommen.

„Warum haben Sie das Land nicht früher verlassen? Warum haben Sie so lange gewartet?" Die Stimme des Kommissars klang kühl und misstrauisch. „Es dauert eine Weile, von Athi River nach Namanga zu gelangen. Wie haben Sie das in so kurzer Zeit geschafft – und das ohne gültige Dokumente?"

Mercy versuchte, ruhig zu bleiben, aber ihre Nerven lagen blank. *„Nilipanda lori,"* murmelte sie („Ich bin im Laderaum eines Lastwagens mitgefahren"), um die Kontrollen zu umgehen. Doch der Kommissar schüttelte nur leicht den Kopf, als hätte er auf diese Antwort gewartet.

„So einfach ist das nicht," entgegnete er. „Die Grenze ist streng bewacht. Hinter der One-Stop-Border-Control gibt es drei Schichten von Sicherheitskräften, die alles kontrollieren. Und Sie wollen mir erzählen, dass Sie das ohne Probleme geschafft haben?" Er legte eine kurze Pause ein, um den Druck aufrechtzuerhalten, und fragte dann schärfer: „Welche Route genau haben Sie genommen? An welchen Grenzposten sind Sie vorbeigekommen? Wie haben Sie die Beamten umgangen? Erzählen Sie es mir *hatua kwa hatua* (Schritt für Schritt)."

Jede Frage war wie ein weiterer Schlag, der ihre Geschichten auf ihre vermeintliche Wahrheit prüfte. Mercy konnte kaum einen klaren Gedanken fassen. Der Kommissar hörte jedes noch so kleine Zögern heraus, jede kleine Abweichung von ihren vorherigen Aussagen, und setzte genau dort an. „Wenn Sie in Athi River versteckt waren, wieso hat niemand Sie gesehen? Warum hat niemand Sie gemeldet? Was haben Sie gegessen, wie haben Sie sich versteckt gehalten?"

Das Verhör zog sich über Stunden hin. Immer wieder gingen die Fragen im Kreis, und Mercy hatte das Gefühl, dass sie jedes Detail immer wieder neu erklären musste. Sie konnte die zunehmende Härte und das Misstrauen in den Augen des Kommissars spüren, während er immer wieder die gleichen Fragen stellte, jedes Mal mit neuen Formulierungen, als ob er nur darauf wartete, dass sie **kukosea** (einen Fehler) machte.

Am Ende des Tages war Mercy völlig *choka* (erschöpft). Die Härte des Kommissars und seine gezielte Strategie, sie in Widersprüche zu verwickeln, hatten ihr jede Energie geraubt. Er schloss das Verhör mit einem kühlen, abschätzigen Blick ab, bevor er sie entließ, ohne auch nur einen Funken Mitgefühl zu zeigen. Mercy wusste, dass dies noch lange nicht das Ende war – *bado safari ni ndefu* (die Reise ist noch lang), dachte sie, sicher, dass man sie bald erneut vorladen würde und dass die Fragen nur noch schärfer und bohrender werden würden.

In den folgenden Tagen wurde Mercy immer wieder zu denselben Fragen gerufen, und das Verhör schien endlos zu sein. Die Kommissare stellten ihre Fragen nur leicht variiert, beobachteten jede kleine Regung in ihrem Gesicht, als warteten sie darauf, dass sie einen Fehler machte.

„*Ulikuwa wapi hasa baada ya tarehe 25 Juni?*" (Wo genau waren Sie nach dem 25. Juni?) fragte ein Ermittler erneut, sein skeptischer Blick wurde intensiver und ließ Mercy nervös werden. Sie wusste, dass ihre Antwort präzise und identisch mit früheren Aussagen sein musste – jede Abweichung könnte als Widerspruch ausgelegt werden. „*Nilikuwa Athi River, kwa rafiki yangu,*" (Ich war in Athi River, bei einer Freundin), antwortete sie leise und bemühte sich, ruhig zu klingen.

Der Kommissar verschränkte die Arme und stellte die nächste Frage in einem schärferen Ton: „*Na ulifanyaje kufika Namanga? Eleza vizuri.*" (Und wie kamen Sie nach Namanga? Beschreiben Sie es genau.)

So zog sich das Verhör über Stunden hin. Manchmal gab es keine Pausen, nur die unaufhörlichen Fragen und die scharfen Blicke der Kommissare. Mercy begann, sich selbst zu hinterfragen, *kuwa na wasiwasi* (unsicher sein), ob sie vielleicht ein Detail vergessen hatte oder ihre Geschichte unbeabsichtigt leicht veränderte. Genau darauf schienen die Ermittler zu warten.

Am Ende des Tages war Mercy völlig *choka* (erschöpft). Die wiederkehrenden Fragen, der kühle, abschätzende Blick des Kommissars, und die ständige Erwartung, dass sie einen Fehler machen könnte, hatten ihr jede Kraft genommen. Mercy fühlte sich wie eine Gefangene in einem Labyrinth aus Fragen, jede davon eine sorgfältig ausgelegte Falle. Sie war sich sicher, dass es nicht das letzte Mal war und dass die Fragen nur noch bohrender und härter werden würden.

Der Kommissar trat an diesem Tag besonders entschlossen auf. Seine Stimme war schneidend, und in seinem Blick lag eine Schärfe, die Mercy das Gefühl gab, als stünde sie vor einem Richter und nicht bloß in einem Verhörraum. Das Dossier, das er vor sich auf dem Tisch liegen hatte, enthielt die schweren Vorwürfe, die die kenianische Regierung gegen sie erhoben hatte. Jeder einzelne Punkt wurde mit dem kalten, unnachgiebigen Tonfall eines Mannes vorgetragen, der von ihrer Schuld überzeugt schien.

„Mercy," begann der Kommissar, während er in das Dossier blickte und die Liste der Anklagen durchging. „Hausfriedensbruch und widerrechtliches Eindringen. Sie sollen das Parlamentsgebäude betreten und besetzt haben – ein Akt, den man als Angriff auf das Eigentum des Staates wertet. Ist Ihnen bewusst, dass das allein schon eine ernste Straftat ist?"

Mercy schluckte schwer, doch sie versuchte, ruhig zu bleiben. „Ich war Teil einer *harakati* (Bewegung) für den Frieden," sagte sie leise. „Es ging darum, unsere Stimme gegen *ukosefu wa haki* (Ungerechtigkeit) zu erheben, nicht darum, das Parlament zu besetzen."

Doch der Kommissar ließ sich von ihrer Erklärung nicht beirren und fuhr unerbittlich fort: „Sachbeschädigung und Brandstiftung. Es wurden Teile des Parlamentsgebäudes in Brand gesetzt. Sie erwarten doch nicht, dass wir glauben, Sie seien dabei lediglich ein unschuldiger Zuschauer gewesen?" Seine Augen bohrten sich in sie, als suche er in ihrem Gesicht nach einem Anzeichen von Schuld oder Lüge.

Mercy schüttelte den Kopf, verzweifelt bemüht, die Wahrheit zu verteidigen. „*Si mimi* (nicht ich). Ich habe nichts in Brand gesetzt. Ich wollte friedlich protestieren, nicht zerstören."

Der Kommissar ließ ein spöttisches Lächeln aufblitzen. „Aufruhr und Anstiftung zur Gewalt. Sie werden beschuldigt, die Menge zur Gewalt aufgewiegelt zu haben, die öffentliche Sicherheit gefährdet zu haben. Wollen Sie auch das abstreiten?"

Mercy fühlte, wie sich ihr Herz zusammenzog. „Ich habe niemanden angestiftet. Ich bin keine Anführerin, ich war nur dort, um meine Meinung zu äußern."

Der Kommissar lehnte sich zurück und beobachtete sie mit durchdringendem Blick. „Behinderung von Regierungsaktivitäten. Der Sturm auf das Parlament hat den regulären Betrieb behindert und Abgeordnete daran gehindert, ihren Pflichten nachzukommen. Eine ernsthafte Verletzung der Ordnung."

Er wartete, als wollte er ihre Reaktion testen, bevor er weitersprach. „Und schließlich: Verstoß gegen das *sheria la mikutano* (Versammlungsgesetz). In Kenia müssen Demonstrationen genehmigt werden. Ihre Teilnahme an einer unbewilligten Demonstration zeigt, dass Sie bewusst gegen das Gesetz gehandelt haben."

Mercy spürte die Last der Anklagen, die sich auf ihren Schultern türmte. Jeder Vorwurf fühlte sich an wie ein Hammerschlag, und der unbarmherzige Ton des Kommissars machte es schwer, standhaft zu bleiben. Sie atmete tief durch, sammelte ihre Kraft und antwortete: „*Sikuvunja sheria* (Ich habe nicht gegen das Gesetz verstoßen). Ich habe nur mein Recht auf Demonstration wahrgenommen. Doch die Situation geriet außer Kontrolle, und ich hatte nichts damit zu tun, dass Gewalt ausbrach."

Der Kommissar sah sie an, als ob er ihre Worte abwägen würde, doch Mercy spürte, dass er Zweifel säen wollte. „Kenia ist ein *taifa la sheria* (Rechtsstaat)," sagte er mit einer Mischung aus Härte und Ironie. „Es gibt dort keine politischen Verfolgungen. Wer dort straffällig wird, muss sich der Justiz stellen. Flüchtlinge aus einem solchen Land? Schwer vorstellbar."

Er lehnte sich vor, seine Augen funkelten vor Entschlossenheit. „Sie haben gesagt, Ihnen wurde mit 20 Jahren Zuchthaus gedroht. Das ist keine Kleinigkeit, Mercy. Ich möchte Ihnen eine letzte Chance geben, die Wahrheit zu sagen. Waren Sie eine Anführerin? Haben Sie aktiv daran teilgenommen, das Parlament zu stürmen?"

Mercy schüttelte den Kopf, erschöpft von der Anstrengung, sich immer wieder verteidigen zu müssen. „Mimi ni mpigania haki tu" (Ich war nur eine Demonstrantin), flüsterte sie. „Ich wollte Gerechtigkeit und Gleichheit. Ich wollte keine Gewalt."

Der Kommissar musterte sie schweigend, als versuche er, die Wahrheit in ihren Augen zu lesen. Dann stand er auf und ließ die Tür hinter sich zuschlagen. Die Stille im Raum war erdrückend, und Mercy wusste, dass dies immer noch nur der Anfang einer langen, erbarmungslosen Prüfung war.

Kaum hatte der eine Kommissar den Raum verlassen, trat ein anderer ein. Das Muster wiederholte sich – immer wieder dieselben Fragen, dieselben Vorwürfe, dieselben zermürbenden Blicke, die sie durchbohrten, als suche jeder nach einem Hauch von Unehrlichkeit. Mercy fühlte sich nicht wie eine Hilfesuchende, sondern wie eine Angeklagte. Es war, als hätte sich das Lagerpersonal abgesprochen, um ihre Geschichte Stück für Stück auseinanderzunehmen und jede noch so kleine Unstimmigkeit zu finden. Sie war eine *mgeni* (Fremde), allein und verwundbar in einem System, das ihr Misstrauen entgegenbrachte, statt Verständnis.

Diese Prozedur zog sich über lange drei Monate hin. Jeder Tag schien endlos, und die Wände des Lagers wurden zu einem unsichtbaren Gefängnis. Die ständigen Befragungen zermürbten sie, während Konflikte mit den anderen Lagerbewohnern den Alltag unerträglich machten. Die anderen Frauen im Schlafsaal schienen sie wie eine *mshindani* (Rivalin) zu betrachten – eine Außenseiterin, die ihnen nur Platz und Ressourcen wegnahm. Immer wieder fand sie ihre Nahrungsmittelvorräte geplündert, und als sie nachfragte, erfuhr sie, dass die anderen Frauen die Lebensmittel gegen *maziwa* (Milch) für ihre kleinen Kinder eintauschten.

Einerseits konnte Mercy ihre Verzweiflung verstehen; sie sah die hungrigen, schreienden Kleinkinder, die nur wenig Nahrung bekamen. Doch andererseits war jeder Diebstahl ein weiterer Schlag für ihre ohnehin angeschlagene Gesundheit. Ihr eigenes Körpergewicht sank stetig, und die ständige Unterernährung machte sie anfällig für Krankheiten. Trotz ihrer Beschwerden schien niemand wirklich zu helfen. Die Lagerverwaltung zuckte nur mit den Schultern, und selbst der Arzt, der ihr ein paar *virutubisho vya chakula* (Nahrungsergänzungsmittel) gegeben hatte, konnte die Situation nicht grundlegend verbessern. Der Hunger blieb – ein ständiger, bohrender Schmerz, der sie Tag für Tag schwächte.

Es war ein Leben in einem ewigen Dazwischen: dem Gefühl, weder willkommen noch sicher zu sein. Die Unsicherheit, die ständigen Konflikte, das Gefühl, ausgeliefert zu sein – all das nagte an ihr und ließ die Zeit im Lager zu einem endlosen *ndoto mbaya* (Albtraum) werden.

In den wenigen freien Stunden, die Mercy im Lager hatte, zog es sie immer wieder zum kleinen Computerraum im Zentrum des Camps. Dieser unscheinbare Raum, spärlich eingerichtet mit einer Handvoll alter Computer, war für sie mehr als nur ein Ort mit Internetzugang. Trotz der langsamen Verbindungen und der oft ausfallenden Technik war es ihre einzige Verbindung zur Welt außerhalb des Lagers. Hier konnte sie der bedrückenden Realität entfliehen und sich in eine virtuelle Welt begeben, in der sie mehr war als nur eine geflüchtete Kenianerin.

Mit zitternden Fingern loggte sie sich in ein Forum ein, das sich auf die Geschichten und Herausforderungen von Geflüchteten aus aller Welt konzentrierte. Dieses Forum wurde zu ihrem Sprachrohr, zu einem Ort, an dem sie ihre Stimme erheben konnte. Sie begann langsam zu tippen, wählte ihre Worte mit Bedacht, während sie ihre Geschichte erzählte. Sie schrieb von den endlosen Befragungen, von den beschwerlichen Nächten, in denen der Hunger sie wach hielt, und von den Konflikten mit den anderen Frauen, die sich um jedes Stück Nahrung stritten. Sie teilte ihre tiefsten Ängste und Hoffnungen, die Einsamkeit und die ständige Angst, die sie seit ihrer Flucht begleiteten.

In diesem Forum konnte sie offen sprechen. Hier fand sie Menschen, die nicht urteilten, sondern zuhörten. Andere Geflüchtete und Unterstützer reagierten auf ihre Beiträge, schickten ihr ermutigende Worte und Ratschläge, wie sie mit den täglichen Herausforderungen im Lager umgehen könnte. Manche teilten ihre eigenen Erfahrungen und gaben ihr das Gefühl, nicht allein zu sein. Jede Nachricht, die sie erhielt, war wie ein kleiner Lichtstrahl in der Dunkelheit, der ihr neuen Mut gab.

Der PC-Raum wurde zu ihrem Zufluchtsort, einem Ort, an dem sie ihre Gedanken ordnen und ihre Seele ein wenig heilen konnte. Hier fühlte sie sich wieder wie ein Mensch, jemand mit einer Geschichte, die es wert war, gehört zu werden. Die anonymen Stimmen im Forum wurden zu einer Gemeinschaft, die sie auffing und trug.

Die Menschen im Forum verfolgten Mercys Geschichte mit großem Interesse. Ihre lebhaften Schilderungen über die Demonstrationen in Nairobi zogen die Leser in ihren Bann. Sie beschrieb, wie die Straßen von Nairobi voller Menschen waren, die aufbegehrten, ihre Stimmen gegen die Ungerechtigkeiten erhoben und schließlich vor den Toren des Parlaments standen. Ihre Worte vermittelten die drängende, alles durchdringende Atmosphäre des Protests, das Knistern der Hoffnung und den Mut der Menschen.

Doch was als friedlicher Protest begonnen hatte, war schnell eskaliert. Mercy schrieb über den Moment, als die Polizei in voller Ausrüstung aufmarschierte, über das Sirenengeheul, die dröhnenden Lautsprecher und die ersten Tränengaskanister, die durch die Menge geschossen wurden. Sie schilderte die panischen Schreie, die wilde Flucht und die darauf folgende Jagd mit einer Intensität, die die Leser das Geschehen förmlich miterleben ließ.

Die Leser waren gebannt, als sie die Verfolgung durch die Polizei schilderte: wie sie sich versteckt hatte, von einem Haus zum nächsten geflüchtet war, immer in der Angst, jederzeit geschnappt zu werden. Ihre Flucht durch Tansania, das Entkommen vor Kontrollen und die langen Tage und Nächte, in denen sie erschöpft und hungrig weiterzog, fesselten die Leser. Sie konnte förmlich das Mitgefühl und die Solidarität durch die Bildschirme spüren – als ob diese Menschen, die ihr eigentlich völlig fremd waren, ein Stück ihrer Last mittragen wollten.

Ihre Schilderungen waren nicht nur eine Fluchtgeschichte, sondern auch ein Zeugnis ihres unerschütterlichen Willens und ihrer Hoffnung. Die Begegnung mit Mwinyi, dem erfahrenen Ranger, der ihr half, die Zeichen der Wildnis zu verstehen und für eine Zeitlang ein treuer Begleiter und Mentor war, fügte ihrer Erzählung eine weitere Ebene hinzu.

Die Menschen im Forum konnten kaum genug bekommen. Sie stellten Fragen, wollten mehr über die dramatischen Momente wissen, in denen sie dachte, alles sei verloren, und wie sie dennoch weitergekämpft hatte. Jeder Beitrag von Mercy verstärkte die Bindung zu ihren Lesern, und sie spürte, wie ihre Geschichte auf eine Weise an Bedeutung gewann, die sie niemals erwartet hatte. Ihr Leid, ihre Angst und ihre Hoffnung fanden nun ihren Weg in die Welt, und auch wenn es nur Worte waren, gaben sie ihr ein wenig von der Würde und Menschlichkeit zurück, die sie so lange vermisst hatte.

Als Mercy auf die Bitte einging und ein Selfie von sich im Forum postete, dauerte es nicht lange, bis die ersten Kommentare eintrafen – einige waren freundlich, andere bewundernd, und einige waren ziemlich eindeutig in ihren Absichten. Besonders überrascht war Mercy, als sie eine private Nachricht von einem Mann erhielt, der ihr direkt einen Heiratsantrag machte. Er versprach ihr ein neues Leben in Deutschland, Freiheit und Sicherheit – alles Dinge, von denen sie geträumt hatte. Doch die Vorstellung, jemanden zu heiraten, den sie noch nie getroffen hatte, war für sie undenkbar.

Mercy lächelte traurig vor sich hin. So sehr sie auch nach einem sicheren und geborgenen Leben verlangte, die Idee, ihre Zukunft einem Fremden anzuvertrauen, schien ihr absurd. Sie träumte von einer Ehe, die aus Liebe entstand, von einer Familie, die auf Vertrauen und echter Zuneigung gründete. Ein paar Nachrichten reichten dafür einfach nicht aus. Also bedankte sie sich höflich und antwortete freundlich, aber bestimmt ablehnend.

Immer wieder kamen ähnliche Nachrichten, aber Mercy lernte schnell, wie sie mit den Avancen umzugehen hatte. Die Männer im Forum waren für sie letztlich nur fremde Namen auf dem Bildschirm. Ihr Herz wusste, dass sie eines Tages den richtigen Mann finden würde – jemanden, der sie wirklich kannte und verstand. Bis dahin konzentrierte sie sich auf ihre Ziele und darauf, ihre Geschichte zu teilen, um auf das Schicksal derer aufmerksam zu machen, die in den Lagern lebten, ohne eine Stimme zu haben.

Eines Tages erhielt sie eine unerwartete Nachricht im Forum. Eine Nutzerin, die sich als Mitarbeiterin des baden-württembergischen Staatsministeriums zu erkennen gab, hatte ihre Beiträge gelesen. Die Staatssekretärin selbst war auf ihre Geschichte aufmerksam geworden und tief berührt von ihrem Mut und ihrer Entschlossenheit. Sie schrieb Mercy, dass ihre Geschichte nicht ungehört bleiben sollte und bot ihre Unterstützung an.

Mercy konnte es kaum glauben. Die Vorstellung, dass jemand in einer so hohen Position in Deutschland auf sie aufmerksam geworden war, überstieg ihre kühnsten Träume. Ein Funke Hoffnung entfachte sich in ihr, dass ihre Stimme tatsächlich etwas bewirken könnte. Die Staatssekretärin fragte sie, ob sie bereit sein, ihre Geschichte persönlich in Deutschland zu erzählen, um auf die Situation von Geflüchteten aufmerksam zu machen und für ein gerechteres Asylrecht zu werben.

In diesem Moment verstand Mercy, dass ihre Worte Macht hatten. Sie hatte nicht nur für sich selbst gesprochen, sondern für all jene, die keine Stimme hatten. Die Möglichkeit, ihre Geschichte in Deutschland zu teilen, gab ihrem Leiden einen Sinn und eröffnete ihr eine Zukunft, die sie sich nie hätte vorstellen können.

Als im November die Regenzeit einsetzte, verwandelte sich das Flüchtlingslager in eine einzige, unübersehbare Schlammwüste. Der Regen begann zunächst zaghaft, doch schon bald goss es in Strömen, als ob der Himmel selbst die Erde ertränken wollte. Binnen Stunden durchweichten die schweren Tropfen den Boden, der bald keinen Halt mehr bot. Das Wasser sammelte sich in tiefen Pfützen und trieb den losen Staub, der monatelang die Luft erfüllt hatte, zu einer klebrigen, zähen Masse zusammen. Jeder Schritt durch den Lagerboden fühlte sich an, als würde man in einer zähen, nicht enden wollenden Schicht aus Schlick und Morast versinken.

Die Pfade zwischen den Zelten und einfachen Hütten verwandelten sich in Rinnsale, die sich zu kleinen Bächen vereinten und kreuz und quer durch das Lager flossen. Bald stand das Wasser in den Schlafbereichen, sammelte sich unter den dünnen Matratzen und bedeckte alles, was am Boden lag, mit einem dicken, braunen Schleier. Der Schlamm drang in die einfachen Unterkünfte, in die Gemeinschaftszelte und unter die notdürftig verteilten Plastikplanen. Es gab kein Entrinnen. Matratzen, Decken und selbst das wenige Hab und Gut der Menschen wurden klamm und schmutzig, das kalte Wasser drang durch jede Ritze und lieferte die ohnehin schon geschwächten Menschen der Nässe aus.

Mercy versuchte vergeblich, sich auf ihrer Pritsche in Sicherheit zu bringen. Doch das Wasser kroch unaufhaltsam unter die Beine der Liegen, bildete Pfützen, in denen sich ihre Kleidung und ihre wenigen Habseligkeiten tränkten. Jeder Versuch, Ordnung zu schaffen, war zwecklos, denn der Regen fiel in ununterbrochenen Strömen weiter, und die Feuchtigkeit schlich sich in jede Ritze, in jede Faser und in jede Lebensader des Lagers. In dieser nassen, kalten Hölle schien selbst das Atmen schwerer zu fallen, als der Geruch von feuchtem Schlamm und fauligem Wasser die Luft erfüllte.

Das einfache Leben der Lagerbewohner wurde zur täglichen Qual. Die Schlammwege, die einst als improvisierte Straßen gedient hatten, waren jetzt tückische Pfade, in denen die Menschen immer wieder ausrutschten und stürzten. Kinder liefen barfuß durch die dreckige Brühe, die sie bis zu den Knöcheln verschlang. Mütter hielten ihre kleinen Kinder fest umklammert, aus Angst, dass sie in dem rutschigen Schlamm fallen oder von den reißenden Wasserrinnsalen weggeschwemmt werden könnten.

Die sanitären Anlagen, ohnehin ein ständiges Problem, wurden durch den Regen zu einem Albtraum. Toilettenanlagen wurden von Schlamm bedeckt und überschwemmt, und der Gestank vermischte sich mit dem kalten, muffigen Geruch des durchnässten Bodens. Die Gefahr von Krankheiten und Infektionen stieg mit jedem Tag, an dem die Menschen durch den knietiefen Schlamm wateten, der sich nun wie eine undurchdringliche Kloake über das Lager legte. Die Angst vor Cholera, Durchfall und anderen Krankheiten war allgegenwärtig, und die Lagerbewohner, bereits geschwächt und geschunden, wussten, dass jede Infektion für sie lebensbedrohlich sein konnte.

Nachts hallten die Geräusche der Regenfälle laut durch das Lager. Das Prasseln des Wassers auf die Planen und Dächer, das Rauschen des überlaufenden Wassers und das beständige Rutschen des Schlamms waren wie das dumpfe Dröhnen eines gewaltigen, unerbittlichen Feindes, der nicht nachließ. In diesen Nächten lag Mercy wach, das Gewicht der Nässe und der Verzweiflung auf ihren Schultern spürend. Der Regen hörte einfach nicht auf, und jeder neue Tag brachte mehr Wasser, mehr Schlamm, mehr Hoffnungslosigkeit.

Eine wichtige Brücke, nur wenige Kilometer vom Lager entfernt, wurde von den mächtigen Regenmassen mitgerissen, als wäre sie aus Stroh gebaut. Die Verbindung zur Außenwelt war von einem Moment auf den anderen unterbrochen, und mit ihr jede Hoffnung auf frische Vorräte. Kein einziges Versorgungsfahrzeug konnte mehr das Lager erreichen. Die ohnehin schon spärlichen Lebensmittelrationen wurden jetzt noch knapper bemessen, bis das tägliche Leben kaum noch erträglich war. Die Tage vergingen in qualvoller Entbehrung, jede Stunde zog sich hin wie eine Folter, und die verzweifelten Blicke der anderen Lagerbewohner spiegelten die unausweichliche Wahrheit wider: Die Lagersituation drohte, inmitten von Hunger und Not, völlig isoliert und vergessen, die Flüchtlinge sich selbst zu überlassen.

In den Gesichtern der anderen Flüchtlinge spiegelte sich dieselbe trostlose Resignation. Niemand sprach mehr von einer baldigen Zuflucht in einem anderen Land, niemand wagte es, Hoffnung zu hegen. Sie lebten im Schlamm, arbeiteten im Schlamm, schliefen im Schlamm – und die Nässe hatte ihre Seelen erreicht, ein dumpfes Gefühl von Ausgeliefertsein, das mit jedem Tropfen weiter in die Menschen einsickerte und sie an den Rand der Verzweiflung brachte.

NICHT LÄNGER ILLEGAL

Nach Monaten der Befragungen, des Misstrauens und der quälenden Ungewissheit kam endlich der Tag, an dem Mercy in das Büro des Kommissars gerufen wurde. Ihr Herz klopfte laut in ihrer Brust, und jeder Schritt auf dem matschigen Weg fühlte sich schwer an. Die Nachricht, die sie erwartete, würde ihr Leben verändern – entweder würde sie ein offizielles Zuhause finden oder endgültig in die Verzweiflung stürzen.

Der Kommissar, der sie bisher stets mit einer Mischung aus Schärfe und Skepsis verhört hatte, wirkte heute ungewohnt ernst, aber zugleich auch milder. Er ließ sie Platz nehmen und legte einige Dokumente vor sich auf den Tisch. Nach einem tiefen Atemzug hob er den Blick und sah ihr direkt in die Augen.

„Mercy," begann er, und in seiner Stimme lag eine ungewohnte Sanftheit, „nach langen Überprüfungen und intensiven Gesprächen hat der Ausschuss entschieden, dass Sie als politischer Flüchtling anerkannt werden."

Mercy fühlte, wie sich ihr Herz zusammenzog und Tränen in ihre Augen traten. Die Anspannung und die Angst, die sie all die Monate mit sich herumgetragen hatte, lösten sich mit einem Mal auf, und ein Gefühl der Erleichterung breitete sich in ihrem ganzen Körper aus. Sie war anerkannt. Endlich.

Der Kommissar erklärte ihr die Rechte, die sie nun hatte, und die Möglichkeiten, die sich ihr in der Zukunft bieten würden. Sie würde eine Aufenthaltsgenehmigung bekommen und Zugang zu bestimmten Unterstützungsleistungen erhalten. Auch die Aussicht, möglicherweise später in ein Land umgesiedelt zu werden, das langfristige Perspektiven für Flüchtlinge bietet, stand nun im Raum.

Als sie den Raum verließ, fühlte Mercy sich wie neu geboren. Der jahrelange Albtraum, die Flucht, die Angst vor Entdeckung, die unzähligen schlaflosen Nächte und die ständige Sorge um ihre Sicherheit – all das schien nun ein wenig weiter entfernt. Sie konnte durchatmen, ihre Schultern geraderichten und zum ersten Mal seit langer Zeit an eine Zukunft glauben.

Im Lager verbreitete sich die Nachricht schnell, und einige der Mitbewohner gratulierten ihr leise, während andere sie mit einem Lächeln und anerkennenden Blicken bedachten. Die Anerkennung als politischer Flüchtling gab Mercy etwas zurück, das sie lange verloren geglaubt hatte: Würde und die Hoffnung auf eine bessere Zukunft.

Mercy konnte es kaum fassen, als sie die Nachricht erhielt: Eine Einladung aus Deutschland, um auf der Herbsttagung des Flüchtlingsrats Baden-Württemberg ihre Geschichte zu erzählen. Sie hatte nie erwartet, dass ihre Erzählungen in einem Internet-Forum, die sie aus reiner Verzweiflung und dem Bedürfnis, gehört zu werden, geteilt hatte, solche Wellen schlagen würden. Menschen, die ihre Worte gelesen hatten, wollten sie nun in Deutschland live hören.

Es war, als ob ein ferner Traum wahr wurde. Die deutsche Botschaft stellte ihr temporäre Ausweispapiere aus, die ihr eine Identität und eine Form der Anerkennung gaben, die sie so lange entbehrt hatte. Ein Schengen-Visum folgte, und mit einem Mal standen ihr die Tore zu einer neuen Welt offen. Die Flugtickets, die ihr ebenfalls zugesandt wurden, waren der letzte Schritt auf diesem Weg, der sie von den unvorstellbaren Härten des Flüchtlingslagers direkt in die Mitte Europas führen sollte.

Mit gemischten Gefühlen packte sie ihre wenigen Habseligkeiten und verabschiedete sich von den Menschen, die sie in den vergangenen Monaten umgeben hatten. Für sie alle war sie ein Symbol der Hoffnung und Stärke geworden, jemand, der die Lagerwelt und ihre Härten nicht einfach nur erduldet hatte, sondern einen Weg gefunden hatte, ihre Stimme weit über die Grenzen hinaus zu erheben.

Mercy wurde an diesem Morgen zum Kibondo-Flugfeld gebracht, einem staubigen, abgelegenen Ort, der ihr wie das letzte Tor zu einer anderen Welt erschien. Hier, an einem der einsamsten Flecken der Erde, sollte ihre Reise beginnen – eine Reise, die sie sich so nie hätte vorstellen können. Von Kibondo aus würde sie mit einem kleinen Flugzeug nach Daressalam fliegen und von dort aus weiter nach Deutschland.

Sie hatte noch nie ein Flugzeug betreten, geschweige denn einen solchen Flug erlebt. Als sie in das kleine, beengte Flugzeug stieg, spürte sie, wie ihre Hände zitterten – es war ihr erster Flug überhaupt. Aufregung und Nervosität vermischten sich mit einer seltsamen Faszination. Alles war neu: das Rumpeln der Motoren, der Geruch von Treibstoff, das gedämpfte Licht in der Kabine. Sie schnallte sich an und klammerte sich an die Armlehnen. Der Gedanke, dass sie bald das Land verlassen würde, das ihr so viel Leid, aber auch Freundschaften und Erkenntnisse gebracht hatte, bewegte sie tief.

Als die Maschine abhob und das Kibondo-Flugfeld immer kleiner wurde, ließ Mercy einen langen Atemzug entweichen. Sie blickte aus dem Fenster und sah zum letzten Mal die endlose Weite des Lagers – die schlammige Wüste, die in der Regenzeit zu einem Sumpf geworden war, und die endlosen Reihen der Zelte, die lange Zeit ihre einzige Zuflucht gewesen waren.

Je höher sie stieg, desto weiter schien sich ihr Horizont zu öffnen. Der Dschungel und die Hügel verschwammen unter ihr, während das Flugzeug über die dichten Wolken stieg. Das Gewicht der vergangenen Monate schien sich von ihren Schultern zu lösen, und zum ersten Mal seit langer Zeit spürte sie einen Funken von Freiheit. Eine tiefe Dankbarkeit durchflutete sie. Sie dachte an all die Menschen, die ihr in den letzten Monaten zur Seite gestanden hatten, die sie unterstützt und gestärkt hatten – an Mwinyi, der ihr beigebracht hatte, die Zeichen der Wildnis zu verstehen, und an Ingrid, die ihr im Herzen Tansanias so viel gegeben hatte.

Die Reise führte sie nach Daressalam, wo sie in ein größeres Flugzeug steigen würde, das sie über Kontinente hinweg nach Europa bringen sollte. Daressalam, die Hauptstadt Tansanias, war ein geschäftiger Ort, ein lebendiges Bild der Kontraste zwischen Vergangenheit und Gegenwart. Mercy fühlte sich fremd und doch erwartungsvoll. Deutschland – ein Land, das sie nur aus Büchern und Erzählungen kannte, öffnete nun seine Tore für sie und gab ihr die Gelegenheit, ihre Stimme zu erheben.

Doch als Mercy in Daressalam in das größere Flugzeug nach Frankfurt umsteigen wollte, schien ihr Weg in die Freiheit plötzlich bedroht. Sie hatte die offizielle Passkontrolle Tansanias zur Ausreise bereits passiert als die Mitarbeiter der Airline am Schalter ihre temporären Ausweispapiere misstrauisch in den Händen hielten. Sie schüttelten die Köpfe und tauschten Blicke aus, die alles andere als beruhigend waren. Die wenigen Stunden, die sie in der Flughafenhalle verbrachte, dehnten sich zu einer Ewigkeit, während sie wartete und bangte. Jeder weitere prüfende Blick auf ihre Dokumente, jedes Stirnrunzeln des Airline-Personals ließ ihr Herz schneller schlagen.

„Das sind keine offiziellen Reisepapiere", erklärte einer der Airline-Mitarbeiter schließlich scharf. „Wir können Sie so nicht mitnehmen." Die Worte hallten in ihrem Kopf wider. Mercy spürte, wie Verzweiflung in ihr aufstieg – so kurz vor ihrem Ziel, und nun dieser Rückschlag? Es schien, als würde ihr Traum, ihre Geschichte in Deutschland zu erzählen, in diesem Moment zerschmettert werden.

Die Minuten verstrichen, und das Boarding für ihren Flug begann. Ihr Flugzeug würde ohne sie starten. Der Gedanke, erneut in das Flüchtlingslager zurückkehren zu müssen, ließ ihre Knie weich werden. Doch gerade in diesem Augenblick, als alles verloren schien, trat ein Mitarbeiter der deutschen Botschaft hinzu. Er schritt ohne Zögern ein und klärte die Airline-Mitarbeiter mit Nachdruck über die Gültigkeit ihrer Papiere auf. In leisem, aber festem Ton führte er Gespräche, holte Bestätigungen ein und drängte darauf, dass Mercy weiterreisen dürfe.

Das Bodenpersonal gab schließlich widerwillig nach, und Mercy konnte, mit klopfendem Herzen, endlich das Gate betreten. Kaum war sie an Bord, wurden die Türen des Flugzeugs geschlossen und der Flieger rollte zur Startbahn. Sie ließ sich in ihren Sitz fallen und schloss die Augen, überwältigt von Erleichterung und der Rettung in letzter Sekunde.

Als schließlich die Räder vom Boden abhoben, wurde das Land, das sie hinter sich ließ, kleiner und kleiner, bis es nur noch eine ferne Erinnerung war. In ihrem Herzen nahm sie jedoch alles mit, was sie in dieser Zeit geprägt hatte – das Leiden, den Schmerz, aber auch die Stärke und die Hoffnung, die sie durch ihre Geschichte mit anderen teilen wollte.

IN DEUTSCHLAND

Als Mercy nach neun langen Stunden endlich in Frankfurt am Main landete, durchströmten sie Erleichterung und Ungläubigkeit zugleich. Sie konnte kaum fassen, dass sie tatsächlich europäischen Boden betrat – einen Kontinent, den sie bisher nur aus Erzählungen und Bildern kannte. Als sie das Flugzeug durch einen sogenannten Finger verließ – eine direkte Verbindung vom Flugzeug zum Terminal, die ihr wie ein Tor in eine neue Welt erschien – schlug ihr Herz vor Aufregung schneller.

Doch am Ende des Ganges stand die Polizei und kontrollierte die Ausweispapiere aller Passagiere. Der Anblick der uniformierten Beamten ließ ihre zuvor mühsam unterdrückte Anspannung mit voller Wucht zurückkehren. Nach all den traumatischen Erfahrungen mit Polizeikontrollen in ihrer Heimat pochte ihr Herz wie wild, und ein kalter Schauer lief ihr über den Rücken. Sie spürte, wie ihre Hände zu zittern begannen, und für einen Moment hatte sie Angst, dass all ihre Hoffnungen zunichtegemacht würden.

Aber dieses Mal war es anders. Die Beamten begrüßten sie freundlich mit ihrem Namen und schienen über ihre Ankunft informiert zu sein. Ihre warmen Stimmen und aufrichtigen Blicke beruhigten sie ein wenig. Sie begleiteten sie durch die weiten, hell erleuchteten Flure des Frankfurter Flughafens, die sie mit staunenden Augen betrachtete. Alles wirkte so modern und sauber – so anders als alles, was sie bisher kannte. Ein Gefühl von Staunen und Neugierde mischte sich mit ihrer Nervosität.

Als sie schließlich einen Parkplatz vor dem Terminal erreichten, blieb ihr fast der Atem stehen. Dort wartete ein elegantes, schwarzes Fahrzeug der Baden-Württembergischen Landesregierung. Sie konnte es kaum glauben – ein solch luxuriöses Auto nur für sie. Ein Moment, den Mercy sich nie hätte erträumen lassen. Ein Gefühl von Ehrfurcht und

Dankbarkeit durchflutete sie. Nach all den Hürden und der langen, beschwerlichen Reise stand sie nun tatsächlich auf deutschem Boden. Tränen der Erleichterung sammelten sich in ihren Augen, aber sie hielt sie zurück.

Der Fahrer öffnete ihr respektvoll die Tür und begrüßte sie höflich, wobei er ihr anbot, das Gepäck zu tragen. Als er bemerkte, dass sie nichts außer einem kleinen Beutel bei sich hatte, huschte ein Ausdruck von Überraschung über sein Gesicht. Mercy fühlte sich einen Moment lang verlegen, doch sein freundliches Lächeln beruhigte sie. Während der Fahrt blickte sie mit großen Augen aus dem Fenster. Die vorbeiziehende Landschaft, die modernen Gebäude, die fremden Schriften – alles war neu und überwältigend für sie. Ihr Herz schlug schneller vor Aufregung, und sie konnte kaum fassen, dass sie wirklich hier war. Es war das erste Mal, dass sie so weit von ihrer Heimat entfernt war, und alles fühlte sich wie ein Traum an, aus dem sie nicht erwachen wollte.

In Stuttgart angekommen, staunte Mercy über die Lichter der Stadt und die Menschen, die trotz der späten Stunde unterwegs waren. Man brachte sie in das Kronen Hotel, einen Ort, der in ihren Augen fast märchenhaft wirkte. Das Personal begrüßte sie mit einem Lächeln und führte sie zu ihrem Zimmer. Als sie die Tür öffnete und eintrat, blieb sie überwältigt stehen. Das komfortable Zimmer, die weiche Matratze, die flauschige Bettdecke – all das stand in scharfem Kontrast zu den einfachen Unterkünften des Flüchtlingslagers. Sie fuhr vorsichtig mit der Hand über die Bettdecke und spürte die sanfte Textur unter ihren Fingern. Eine Welle von Emotionen überkam sie, Tränen stiegen ihr in die Augen. Nun ließ sie diesen auch freuen Lauf, denn in diesem Hotelzimmer war sie jetzt alleine. Zum ersten Mal seit langer Zeit fühlte sie sich sicher, geborgen und willkommen. Sie war glücklich!

Am 16. November 2024 war der Tag ihres Vortrags gekommen. Man brachte Mercy zu den Bürgerräumen West in der Bebelstraße 22 in Stuttgart, wo die Herbsttagung des Flüchtlingsrats Baden-Württemberg stattfand. Nervosität pochte in ihrem Herzen, aber auch eine starke Entschlossenheit erfüllte sie. Die Menschen im Saal warteten gespannt auf ihre Geschichte – eine Erzählung von Mut, Schmerz und unerschütterlicher Hoffnung.

Als Mercy am Rednerpult stand, schlug ihr Herz bis zum Hals. Sie atmete tief ein, sammelte all ihren Mut und begann auf Englisch zu sprechen. Ihre Stimme war ruhig, doch durchdrungen von einer Tiefe, die die Anwesenden sofort in ihren Bann zog. Sie schilderte die Vorkommnisse in Nairobi und ihre Flucht im Detail und beendete ihre Rede mit bewegenden Worten:

„Ich bin nur eine junge Frau aus Kenia, die es wagte, von einer besseren Zukunft zu träumen. Doch dieser Traum brachte mir Schmerz, Verfolgung und eine endlose Flucht. In Nairobi war ich keine Kriminelle, keine Terroristin – ich war einfach eine Stimme unter vielen, die nach Gerechtigkeit rief. Die Polizei kam wie Schatten, die sich über das Land legten. Menschen, auch ich, wurden verhaftet, geschlagen, ohne dass ihnen ein Verbrechen nachgewiesen wurde. Und ich? Ich musste alles zurücklassen, was ich liebte – meine Familie, meine Heimat. Alles, nur um zu überleben."

Sie hielt inne, und eine tiefe Stille erfüllte den Raum. Die Zuhörer sahen sie an; einige hatten Tränen in den Augen, andere ballten die Fäuste, tief berührt von der Ungerechtigkeit, die sie erlitten hatte.

„Hier stehe ich nun, weit entfernt von meiner Heimat, doch mein Herz bleibt bei all denen, die noch in Lagern wie Nduta festsitzen – Menschen, die nichts anderes wollen als eine Chance auf ein friedliches Leben. Wenn wir diesen Menschen die Tür verschließen, verweigern wir nicht nur ihnen das Recht auf Sicherheit – wir verraten auch unsere eigenen Werte."

Am Ende ihrer Rede blickte sie in die Menge, ihre Stimme fester und klarer als je zuvor: „Ein gerechtes Asylrecht ist kein Privileg, es ist ein Menschenrecht."

Mercy hat in Deutschland politisches Asyl beantragt und muss nicht zurückkehren. Ihr langer, beschwerlicher Weg hat sie an diesen Punkt geführt, und nun beginnt ein neues Kapitel ihres noch jungen Lebens – eines voller Hoffnung und neuer Möglichkeiten.

Milton Keynes UK
Ingram Content Group UK Ltd.
UKHW031023011224
451693UK00004B/495